사랑도 없이 개미귀신

사랑도 없이 개미귀신

최금진 시집

창비

차 례

제1부

제2부

제3부

제1부

모래시계의 구조

나와 나 아닌 것의 투쟁, 이 대립구조가
당신과 나의 육체의 골격을 이룬다
불투명한 유리를 텁텁, 씹으며
서로가 내연의 사막을 견디고 있을 때
벗은 몸으로 증오의 더께를 가늠할 때
이 싸움은 누구든 패한다
낙타 위에서 낙타가 된 사막의 전사들
그 전쟁 같은
관계,
핥아 먹을 수 없는 성기와 등의 관계
두개의 유방과 브래지어의 관계
육체는 모래의 성분과 동일하며
뼛가루가 흘러내린다
털 빠진 노인의 가랑이가 흘러내린다
여자들과 남자들이 알몸으로 뒤엉겨 싸운다
당신과 나는 양극단에서 만나
증거를 지우기 위해 서로를 매립한다
당신의 얼굴이 사라지고 나면

비로소 내가 한개의 무덤이 되는 구조
그 대칭의 병목에
당신과 내가 살아 있다는 추문만 가득 몰려온다

우리 집 사랑의 내력

서로 사랑을 하자고 강변하던 날들이 가고 정말 사랑이 왔다
라면발처럼 쪼그라든 뇌 사진은 우리 엄마 것이고
코를 킁킁거리는 틱 장애는 큰아이의 것이고
나는 동굴벽화에 나오는 고대인처럼 뭔가를 사냥할 기세로
파리채를 들고 다니며 엄포를 놓는다, 제발 서로 사랑을 하자
비염과 축농증이 유전 때문만은 아니듯, 불행은
나주 남평 출신의 사나운 처에게서 온 것이 아니다
틈과 틈을 메꾸는 건축술에서 벽이란 얼마나 울음에 취약한가
절망의 하찮음을 앓고 난 뒤에도 여전히 변함없는
이 무표정은 우리 가문의 쾌거일까
칠십이 다 되어가지만 여전히 내성적인 엄마의 담배와
막내의 착하디착한 혼잣말을 종일 발굴해내는
내 귓속의 동굴에 오류투성이 메아리들이 섞여 울린다
사랑으로 가족의 사랑을 강제할 수 있는 날들은

가고 없다, 대신
밤이면 새로 돋는 손톱을 만지작거리며 방들이 뒤척인다
퍼렇게 인광을 흘리며 거실에서 혼자 물을 마시고 있는 엄마와
가방에 교회 전단지 뭉치를 넣고 다니는 처를 본다
조용하고 지루한 광기가 고층에 사는 우리를 주시한다
하루라도 사랑이 없으면 안되는 절실함에 대해 누구보다 박식한
나는 왜 서로 사랑을 하지 않느냐고 식구들 멱살을 잡고
드라이버로 닫힌 방문들을 뚫고
세번, 네번, 열번이라도 사랑을 연설한다
아무도 아프지 않은데
다들 어딘가 조금씩은 아픈, 말도 안되는 사랑이 온 것이다

아프리카에 가고 싶다

인류가 아프리카에서 비롯되었다는 이십만년 전에
나는 원숭이 비슷한 우리 할아버지 고환에 담겨
말하는 꽃도 보고 텔레파시 하는 뱀도 보고
움막에서 어멈들이 어, 하면 아범들은 아, 하면서
낮이고 밤이고 인류를 길어올려 흘려보냈겠지
내 본향이 아프리카라 생각하니
평소 안 좋아하는 파프리카도
적도에 걸린 생소한 탄자니아, 소말리아도 예뻐 보인다
나는 얼마나 멀리 흘러온 건가
얼굴 시커먼 우리 할아버지는 긴 막대기랑 돌덩이 서너 개 들고
얼마나 오래 걸어 전라남도 화순에 와서 화순 최씨가 되었던 걸까
내 이름을 스와힐리어로는 뭐라 할까
우리는 형제니까
아동복지기금도 내고 기아 난민도 돕고
아프리카에 호적을 두었으니
나도 늙으면 아프리카에 가고 싶다

어쩌면 신께서 철조망을 쳐놓은 성경의 에덴이 있을지도 모른다

이십만년도 더 먹은 우리 할머니가

축 늘어진 가슴을 출렁이며 날 알아보고는

나를 무릎에다 눕히고 자장가를 불러주실까

이 세상에 없는 새의 언어로, 나무의 모국어로

아프리카, 아프리카, 너무 늙은 나를 안고 안타까워해주실까

개구리가 우는 저녁

조금이라도 마음에 들었던 여자들을 개구리라고 불렀다
그녀들의 차가운 피와 물갈퀴가 좋았다, 나를 업고 거뜬히 강을 건널 수 있을 것 같았다
바닥에 밥상과 TV를 패대기치면 바르르 다리를 떨며 죽는 시늉을 하는 것이 좋았다
차라리 죽여달라고 애걸하던 그녀들은 하나같이 수족냉증이 있었다
섹스를 하지 않았다

커다란 암컷의 등에 올라타고 팔도 유람을 하는 운 좋은 수컷을 본 적이 있다
뒤를 돌아보지 않는 약자의 습성이 그 약골 녀석을 먹여 살리고 있었다
썩은 소달구지 같은 데라도 얹혀서 평생 떠돌다 갔으면 얼마나 좋으랴
빵빵하게 부풀어 울음주머니에서 청승맞은 가난을 꺼내 들려주는 것도 지겨워
나는 개굴개굴, 비굴하게 울었다

왕관을 꺼내어 정성스럽게 닦는다, 이것은 나의 자존심, 나의 정체성, 나의 용기

삼한시대 마한의 옛 땅에서 태어난 왕족, 증명할 수 없는 내 할아버지들의 가문은 끝났지만

조금이라도 날 사랑했던 여자들은

연꽃 기와지붕 잠긴 그 호수 아래서 아직도 천년왕국을 기다린다

여자여, 나를 등에 업어라, 편견과 왜곡과 편력으로만 살아온

불행이 후편, 속편도 없이 끝나고 있다

옛 왕가의 녹슨 칼을 허리띠에 차고

길게 혓바닥을 뽑아 내 무용담을 들려주마, 나는 늘 내가 두려웠노라

꼬리부터 돋아나던 이상한 슬픔을 견디기 위해

별들도 몸부림치며 허공을 뛰어다니는 것 아니겠느냐

왕관을 씌워다오, 왕답게, 노래의 왕답게 헤엄쳐 가마

우주까지 뛰어오르는 로켓과 위성들, 봄 새싹들, 내가 나가신다, 이 노래의 왕이

강과 호수와 바다가 금색으로 들끓기 시작하는 이 저녁에

모두 엎드려라, 울어라, 자신을 위해

오직 자신을 위해 물갈퀴 돋은 두 손을 들고 빌어라

아아, 불행하지만 내게도 꼬리뼈 톡 튀어나온 아들들이 태어났단다

있었다

새롭게 출발하고 싶어, 당신은 벽과 장롱과 아이를 구겨 넣으며 중얼거렸다

작은 바퀴가 달린 캐리어는 참 많은 걸 운반했었다, 달력, 바다, 눈물, 바람

나는 깨진 거울을 밀어내며 손가락을 서너개 썰었다

같이 죽자는 말 하지 마, 캐리어의 지퍼들이 이빨을 드러내며 으르렁거렸다

유서 같은 거, 생활 앞에선 얼마나 유치했던가, 들통날 수 있는 게 아직도

남았다면 그건 절망이 아니다, 당신은 화분에서 치자나무를 뽑아

뚝뚝 분질러 캐리어 안에 넣었다, 시계는 두고 갈게, 여기 저장된 시간만큼

원한다면 언제든 분노를 꺼내어 봐도 돼, 캐리어 손잡이에

기르던 애완견의 목줄을 걸면서, 다신 시 같은 거 쓰지 마, 돈도 벌지 말고

내 몸에서 녹슨 볼트와 너트가 우수수 떨어졌다

사람만 아니라면 무엇이든 우릴 데려다주겠지, 숨이 막

혀서

아이가 울었다, 닥쳐, 캐리어의 수납공간마다 들어찬 옷들이 귀를 틀어막았다

갈아끼우지 못한 형광등이 눈도 깜빡이지 않고, 이 집은

빛도 한줌 들지 않았다고 투덜거렸다

화엄사 어느 지붕에서 비를 맞고 있을 내 이름이 새겨진 기왓장과

섬진강에 들소떼처럼 누워 있던 검은 바위들이 생각났다

나는 들고 있던 과도를 떨어뜨렸다, 아이를 지켜달라는 말을 하지 않았다

문밖에 세워진 캐리어들이 부릉거리는 소리에 커튼이 치를 떨었다

짐을 종일 실어나른다 해도 가방 하나에 다 들어갈 수 있는 삶은 없겠지만

당신의 등에 붙은 수화물표를 보지 않아서 얼마나 다행인가

캐리어가 덜덜덜 떨며 당신 손에 끌려 나갔다, 꼬깃꼬깃해진 아이 몸이

펼쳐질 때마다, 나는 이 모든 동작이 근원을 알 수 없는 춤 같다고 생각했다

당신이 있었다, 내가 있었다, 발이 없었다, 땅이 없었다, 아무것도 없었다

시베리아행 기차를 탄다

담양 대숲에 와 너에게 가는 기차를 탄다, 날마다 새로 가 보는 나라

추위는 가지에 돋고, 동충하초, 죽음을 빨아 먹고 자라난 망상 속에

밤새 철로를 놓아주던 눈들은 시베리아로 노역하러 가고

호수 위를 걷는 소금쟁이의 기적을 믿던 사랑, 인간 이하의 짓

어머니는 담양에 와서 자꾸 이곳 사람들 말을 못 알아먹고

빵을 나눠 먹을 늙은 개 한마리 없이 대숲을 걷는다

대숲에 내리는 눈은 은하수처럼 푸르고

눈을 감으면 숲이 내 속에 들어오고, 눈을 뜨면 내가 숲이 되는 동안

어머니는 관절염을 질질 끌고 오일장에 나가 내 우울증을 위해 약재를 살 때

시베리아행 열차는 겨울에 떠나고, 겨울은 외로운 자들이 지어놓은 낡은 건물

사랑은 사람이 할 수 있는 가장 비굴한 짓, 너와 내가 죽으면

어느 플랫폼에서 다른 기차를 갈아타며 인사를 나눌까

화장지처럼 둘둘 풀려서 날아가는 새들아, 북쪽 어느 추운 해변에서

너는 나와 같은 성씨를 갖는다, 어머니는 각서를 쓰라 하고

똑바로 살 마음이 내겐 없는데, 기차를 타고 어디까지 가야 너와 헤어질까

나는 어린 왕자, 나는 이상한 아저씨, 나는 라엘리안, 나는 시베리아행 기차

나는 세상을 예언할 수 있을 것 같다, 사람들을 다 꿰뚫어 볼 수 있을 것 같다

대숲에서, 시베리아 유민들의 얼어터진 유배의 역사를 읽는다

모자를 사랑하는 사람들

모자 값이 오르면 증시가 오르고 덩달아 농산물 값도 오르고
밭에다 채소를 기르듯 모자를 자식들 머리에 심어줍니다
왜 처음부터 인생을 잘 벗어서 선반 위에 올려놓지 않았느냐고요
그건 모자의 흑백논리입니다
울타리를 넘어 모자 한송이를 몰래 꺾었다고 칩시다
그것이 살인죄는 아니지만 어머니는
모자를 벗어 예를 표하는 일에 익숙합니다
모자의 무게 때문에 척추가 휘어진 농부들도 있습니다
우린 장자에게 모자를 물려줍니다
과일을 파는 사람들이 향긋한 꿈을 언제나 뒤집어쓰고 다니듯
모든 모자는 반드시 불행해야만 한다, 건국 오천년을 맞는
우리의 모자보호법입니다
시집올 때 쓰고 온 모자 안에 어머니가 몰래 텃밭을 늘려가는 것처럼
무덤 같은 하늘을 쓰고 비를 피하는 모자들은 쓸쓸합니다

초립을 쓰고 일생 떠돌며 모자에 대한 시를 쓴 사람도 있습니다
산사의 범종 밑엔 새들이 모자를 벗고 앉아 떨고 있습니다
우리 어머니가 시장에서 비싼 모자 앞을 오래 서성일 때
부디 모자를 벗고 서로 인사를 나누며 웃어주세요
우린 모자 앞에서 기하학적인 어떤 사랑의 형상을 배웁니다

아가에게

네 몸을 우연과 필연에 맡기기 위해
아가, 너는 홀딱 벗고 온다

네 아비가 세상을 바꾸기 위해 걸린 시간은
꼬박 육일, 그다음 날은 너에게도
술주정과 마스터베이션과 음악이 주어질 것이다
너에게 줄 백일 선물은
바람 빠진 달 풍선과
지구를 제 죽음으로 끌어당기는 태양의 유모차
너에게 기존의 방식은 금지되고
이후에 너는 마음껏 불행해져도 좋다
거대한 꿈을 자궁처럼 안고 잠이 든 아가
항상 주민등록증을 소지해야 한다
네 아비는 너를 사랑하므로
너도 악몽을 반복적으로 꾸다가
제칠일엔 우리 모두
고름과 정액과 혈액에 절여진 채 쉬게 되리라
너는 똥을 누기 위해

뒤뚱뒤뚱 달아나기 위해, 시간을 지우기 위해

아가, 너는 멀리 먼지의 행성에서 온다
내게로 온다, 내게로 와서 울음을 가르친다

데칼코마니

새장

나는 거울을 내려놓는다
당신은 털 빠진 목을 내밀어 새장 밖을 내다본다
손을 넣어 당신의 긴 머리카락을 빗겨준다
깃털이 졸음처럼 쏟아져내린다
잠에서 깬 당신은 잠에서 깬 자신을 볼 것이다
지워진 화장을 고치며
저렇게 우울한 새는 오래 살지 못할 거라고 중얼거리며
거울을 볼 것이다, 만져지지 않는 뒷모습
당신의 따끈한 해골을 꺼내고 깨진 알껍데기를 넣어준다
당신은 둥근 알껍데기를 뒤집어쓰고 웃는다
거울이 당신을 찬찬히 훑어본다
상하좌우의 딱딱한 표정
우두커니 콩알을 쪼아대는 한쌍의 허무가
다 늦은 저녁을 물고 거울 속으로 날아간다
나는 텅 빈 새장을 들고 시장에 가서 당신을 팔 것이다
당신은 이 빠진 빗을 들고 희고 긴 머리카락을 빗는다

늙어가는 첫사랑 애인에게

주인 없는 황량한 뜰에서 아그배나무 열매들은 저절로 떨어지고
내가 만든 편견이 각질처럼 딱딱하게 손끝에서 만져질 때
아침엔 두통이 있고, 점심땐 비가 내리고
밤새 달무리 속을 걸어가
큰 눈을 가진 개처럼 너의 불 꺼진 창문을 지키던 나는 이제 없다
그때 너와 맞바꾼
하나님은 내 말구유 같은 집에는 다신 들르시질 않겠지
나는 어머니보다 더 빨리 늙어가고
아무리 따라하려 해도 안되는 행복한 흉내를 거울은 조용히 밀어낸다
혼자 베란다에 설 때가 많고, 너도
남편 몰래 담배나 배우고 있으면 좋겠다
냄새나는 가랑이를 벌리고 밑을 씻으며
습관적으로 욕을 팝콘처럼 씹어 먹고
아이의 숙제를 끙끙대며 어느 것이 정답인지 도대체 모르겠다고

너무 많은 정답과 오답을 가진 머저리, 빈껍데기 아줌마가 되어

네 이름을 새겨놓았던 그 아그배나무 아래로

어느날 홀연히 네가

툭, 툭, 내 발 앞에 떨어져내렸으면 좋겠다

그러면 세상에 종말이 오겠지

위대한 경전이 지구를 돌아 제자리로 올 때까지 걸린 시간

사랑한 자들이 한낱 신의 노리개였음을 깨닫는 데 걸린 시간

트럭이 확 몸을 밀고 가버렸으면 좋겠다고 중얼거리던 날들이었다

뽀얗게 분을 바르고 우는 달을 보면서

여자들은 잃어버린 자신의 청동거울을 떠올리고

비관적으로 생각하지 말고, 술을 끊으라는 의사의 조언은 거짓이다

나는 이제 누구의 소유물도 아니다

하나님은 아그배나무 속에 살지 않고

그 붉은 열매 속에도 없고, 그 열매를 따 담은 내 주머니
에도 없으니
그런가, 너도 나처럼 무중력을 살고 있는가
함박눈 내리던 그날 내 손에 잠시 앉았다 날아간 새처럼
너도 이 밤에 젖은 휴지처럼 풀어진 날개를 접고 앉아
사랑과 슬픔을 혼동하고 있는가
여기가 지옥이 아니라면 분명 꿈속일 것인데
내가 꾸는 꿈엔 나비와 꽃과 노래가 없으니
사랑이 없는 시간, 사랑이 없어도 아침이 오는 시간
주인 없는 뜰에서 아그배나무 열매는 아픈 목젖처럼 빨
갛게 익어가고
하나님은 더듬거리며 너를 찾다가 나와 함께 어두워져
마침내 악수를 나누고 헤어진단다

패배하는 습관

간다, 패배하러 간다, 결론부터 말하는 버릇은 나의 용기
무덤에서 나와 손을 흔들고 있는 아버지를 뒤로 두고
쫓기듯, 깨지기 위해, 망하기 위해, 버스를 타고 세상으로 돌아간다
버스가 집이었던 적도 있었다, 길들이 나를 데리고 다니며 못된 것만 가르쳐주었다
생로병사가 빌어먹을 복지정책에 달려 있는 게 아니라면
타고난 팔자에 달려 있나니

안 올 거지
왜 와야 하나요

우리는 지는 사람, 싸우기도 전에, 적을 알기도 전에
슬며시 무릎을 꿇고 패배를 위해 무얼 변명할 것인가를 생각한다
도가니탕을 좋아하는 아버지, 도가니가 닳도록 꿇어앉은 아버지
족발을 좋아하는 나, 발이 손이 되도록 비는 나

웃으면서 사과를 받아내는 사람들
웃으면서, 농담하면서 때리는 사람들
감옥에 넣지 않지만 무덤에는 넣는 사람들

닥치고 주무세요
다신 기다리지 마세요

아버지는 패배를 좋아하고
나 또한 패배를 잘 견딘다, 이를테면 매를 잘 맞는 아이처럼

가나
네, 갑니다, 가고말고요, 엎드려 빌기 위해 또 가야 한단 말입니다!

저녁 여덟시

보내지 못하고 서랍에 넣어둔 편지들은 해저에 산다
단어들은 허옇게 배를 내놓고 죽어가겠지
모래를 사랑한 사람은 모래가 되고
내게 남겨놓은 너의 눈먼 개들은 짖지 않는다
조개껍데기가 되어 바다 밑을 구르는 일처럼
혼자 밥을 먹는 일처럼, 한없이
존재로부터 멀어져가는 말의 여운, 어둡다
저녁 예배를 드리고 집으로 돌아오는 길마다
나는 지워져갔다
쓰러져 누운 코스모스꽃들을 너에게 돌려보내야 하는 시간
바다 밑에 지느러미가 없는 새들이 기어다니는 시간
비늘이 다 떨어진 바다뱀이 산호초 속에 추운 몸을 숨기는 시간
내가 건설했던 왕궁엔 온통 혼돈과 무질서뿐이고
내 품에 안겼을 때 네가 남긴 물고기들의 머리카락
입에 넣고 씹으며 오래도록 맛을 본다
너는 나를 그리워하지 않아도 된다

서랍 속에 넣어둔 편지들은 조류를 타고 흘러가 뭍에 가서 썩고
네가 묶어놓고 간 개들은 입과 다리가 없고
시간은 어떤 식으로든 갈 것이다
나는 내가 없는 해저에 살고, 너는 유리병처럼 금이 간다
세계는 매우 단순해지고, 달은 어두운 바다에 혼자 떠 있다
죽은 새끼를 끌어안고 우는 듀공처럼 나는
서랍 속에 들어가 눕는다

아이의 기차놀이를 보며

때론 수많은 세월이 한꺼번에 흘러간다
덜미를 잡히고 바짓단을 잡힌 채
아이가 힐끗 나를 돌아보며, 왜 회사에 가지 않느냐고 묻는다
늙은 어머니가 죽은 남편에게 하듯 내 밥을 차리며
먹어라, 먹어야 내일 또 먹을 수 있다
이 엉터리 같은 단절을 하나로 엮어서 겨울 스웨터를 짜는
아내가 이 모든 사건의 배후일까
깡패와 건달과 창녀가 특산품인 내 고향에서처럼
아이가 기차놀이를 한다, 이미 가버렸을지도 모를
중년의 나를 승객으로 태우고
소문과 소음이 저기 뒤에 소실점으로 사라지는 터널
거기서 쏟아져나오는 박쥐들처럼
식구들 얼굴이 매달려 있는 액자 속의 사진에
아이는 껌을 붙이거나 야광 별을 붙이면서 꽥꽥 운다
내가 나였다는 것이 영원히 루머에 묻히듯
이 무수한 소멸의 노선 아무 데서나 나를 내려놓고
아이는 검은 화차가 되어 떠나버린다

아버지는 너무 재미가 없어요
이런 식으로 떠났던 기차여행이 벌써 몇번째인지 우리는
유희 속에 제 생각을 섞어서 말하는 법을 배운다
칙칙폭폭, 저녁밥 끓는 소리가 어머니 입에서 뿜어져나
오고
새끼줄에 혹은 나일론 줄에 허리를 묶고
우리는 어두워지는 밤을 향해 또 떠나야 한다고 믿는다
놀이처럼 한꺼번에 너무도 많은 일이 지나간 것이다

검은 일요일

저주받은 부족들이여, 땅에 앉는 것과 공중에 떠 있는 것이 모두 역겨운 겨울이다

술에 취한 누군가가 밭둑에 엎어져 죽는다 해도 그건 절망이 아니어서 더 춥다

낡은 오르간 건반처럼 전깃줄에 앉아 눈송이 몇개를 연주하는 검은 악사들이여

나도 그 나이쯤엔 레퀴엠을 좋아했고, 그것은 노예로서 바친 헌신의 증거였다

까마귀, 저 재수 없는 까마귀, 도덕과 열망 속에서만 나는 어리석고 아름다웠다

겨울 논에 버려진 낟알을 거두러 나타난 가난한 농부들이여, 너희들의 누더기 옷은

누가 꿰매준 것이냐, 실밥도 하나 없이 완벽하게 새의 형태로 살아가는 농부들이여

마침내 송이눈이 더 크게 울고, 마을로 지나가는 전깃줄에 파랗게 전류가 흐를 때

하나둘 켜지는 가장 덧없고 무지한 등불 아래 식구들은 웃고 떠들고 환호한다

태어나면서 이미 죽은 아기들, 어둠에서 떨어져나온 파편들, 숯덩이들

아직도 더 많은 벌을 받아야 한다면 이제 죽은 몸과 혼인하는 일만 남았겠구나

멸종하는 소수민족이여, 까옥, 까옥, 기괴하고 낯선 방언들이여

너희들의 배고픈 언어를 주워 먹던 시인은 어제쯤 하늘로 올라가고 지상에 없다

눈이 내린다, 강물은 꽝꽝 언 채 터지고, 하늘은 깨지고, 유리창은 금이 가고

마을의 옹기들은 쩡쩡 갈라지고, 집들은 너희들의 검은 항문에서 어두워진다

눈이 큰 까마귀들아, 아느냐, 우리 모두는 귀신이다, 그해 겨울에 이미 다 죽었다

드라큘라

아주 오래 잠자고 싶다, 그리고 어느날
무덤이 열리고 물 빠진 꽃잎 같은 얼굴로 부스스 일어나
흔들리는 송곳니를 줄로 다듬어 고치고, 쩍 게으른 하품을 하며 입맛을 다시고 싶다
사랑하는 여자의 목을 깨물면 좋겠지만 나는 백년, 천년 잊히지 않는 원수의 목을 찾아나설 것이다
아뿔싸, 그는 이미 죽었을 테니 어쩐다
그의 관이라도 뜯어내고 들여다보면, 허망하게 웃으며 잠든 놈의 해골
나는 완전히 입맛을 잃고 국수나 먹으러 터미널로 걸어갈까
드라큘라가 국수를 먹고 살 수는 없으니, 돼지고기 수육이나 먹으러 시장에 갈까
사랑하는 여자도 세상에 없고, 물어 죽이고 싶은 원수도 세상에 없는
백년 동안의 잠, 세상은 여전히 거짓말쟁이들과 건방진 녀석들이 득세하고
공장노동자 청년은 임금도 받지 못하고 자살하는데

술집에 가서 예쁜 창녀들이나 물어 죽일까, 어쩌다 술도 팔고 몸도 팔게 된 죄 없는 여자를?

아아, 텔레비전이나 보러 혼자 사는 빈집에 돌아갈까

고향집에 가서 냉이나 뜯어 먹을까

포구에 가서 낚시나 좀 할까

배를 타고 먼 섬으로 이민이나 갈까

나는 세상에 없는 종, 드라큘라

기어나온 무덤으로 기어들어가 다시 오래 잠이나 자야 할까

전화를 걸어도 받지 않는 백년 전의 친구들아, 나도 여기 왔다가 간다고 문자를 보내고

그만 너무 모든 것이 우울해져서

목을 매고 죽었으면 좋겠는데, 아아, 나는 영생의 벌을 받았구나

십자가 말뚝이나 끌어안고 뒹굴다가, 생각나면 그때 다시 죽어볼까

거미줄을 치렁치렁 감고 누워

잠도 오지 않고 말똥말똥

어떻게 살아야 하나

밤 인사

귀화해서 여길 뜨고 싶다는 내 말을 식구들은 비웃는다
갈 테면 가세요, 아이들은 다 커버렸다
나는 선풍기처럼 여름을 기다려왔으나 여름은 갔다
자연치유법을 믿지 않는다, 의료보험도 필요 없다
뗏목이 필요하다

안녕, 잘했어요, 내일 봐요, 이렇게 말해주는 사람도 없이
나는 매일 나와 헤어진다
모래 구덩이에 산다
쥐처럼, 여우처럼, 나와 관련된 모든 것에 겁이 많다

스티로폼으로도 배를 만들 수 있다는 말이 기쁘다
바가지를 타고도 다섯뼘 정도는 나아갈 수 있으리라
정신 차려요, 당신은 성인이에요, 정말로 나는 어른일까
내 속에서 두려워 떠는 코흘리개 물고기들
발가락만 남았다

노아는 말세를 위해 사십년 동안 배를 만들었단다

우린 오래전부터 가족이라고요, 하하하
아이들이 어쩌면 이렇게 밝고 건강하게 자라주었을까

안녕, 잘했어요, 내일 봐요, 나는 누구와 인사하는가
유치원 숙제로 종이배를 접는 막내에게
성실함을 가르치기 싫다

맥주를 마신다, 나는 불법체류자, 나는 범죄자
나는 왜소하게 내 말을 따라한다
안녕, 잘했어요, 내일 봐요

나는 늘 마네킹이나 기관사가 되고 싶었다

사랑의 감옥

치아 보철을 한 여자가 붉은 입을 다물고 웃는다
그녀는 어제 감옥을 완성했다
하나는 자신을 위해, 하나는 그녀의 남자를 위해
그리고 철제 식탁이 잔뜩 녹슬었다는 사실을 문득 발견
하곤
화단에 남자를 심는다
토마토는 탱탱 부어오른 팔뚝의 혈관을 꺼내
헌신의 증거를 태양에 바치고
보철을 한 여자의 이빨은 목구멍으로 넘어가는
모든 날씨와 기후와 온도를 검열, 분쇄, 폐기한다
침묵 속에서 자신을 의심하기로 서약한다
피어싱을 한 커플들이 모텔에서 지르는 교성처럼
빨갛게 익은 십자가와 달이 솟아오른다
소녀들은 재빠르게 익어간다, 우리가 사랑을 믿을 때
사랑은 우리의 화학적 성분을 변화시킨다
비타민과 집착, 철분과 피 냄새
토마토가 가두고자 한 비밀의 내막은 오직
입속에 넣고 씹을 때 각자의 해석에 맡겨진다

치아 보철을 한 여자가 막대기로
제 몸에 달린 남자를 쿡쿡 찌르며 웃는다
감옥을 주렁주렁 매달아놓고 하나씩 따 먹는다

밥을 먹으면 조금 멀쩡해진다

할 일이 떠오르지 않을 때는 밥을 먹는다
흔들리는 치아로
마주 앉은 하나님에게 내 얼굴이 잘 보이도록, 일그러진 입술로
고추장에 벌겋게 밥을 비벼놓고
마늘이며 참깨를 보내줄 친척도 없는 뜨내기가 되어
세례를 받지 않아도 반쯤 천사가 된 어머니의 건망증에 조금 귀를 열어놓고
칼을 어디다 두었니, 에구구 화초가 또 시들었네,
열한시쯤, 열두시쯤, 오늘의 근심이 내일로 오도 가도 못하는 시간
밥을 먹는다, 오늘 안 먹으면 다신 못 먹을 것처럼
하나님이 지옥문을 닫고 기분 좋게 한잔 취해 있길 바라며
꾸지람이나 덜 들었으면 하는 어린 아들의 초조한 마음으로
믿음 소망 사랑, 어느 것 하나도 믿지 않는 얼굴로
하나님은 천한 우리 식구들이 밥이나 잘 퍼먹고 살길 바라니까

다부지게 양서류처럼 웅크리고 앉아서 먹는다
거실 구석에 앉아 양푼을 긁고 있는 약사여래보살 같은 어머니도
잠을 잘 때에야 비로소 사람다워지듯
밥을 옴팡 먹고 나면 이상하게도 어딘가 여유가 생긴 듯
아들에게 무심하게 농담도 하고, 어머니에겐 살림 살 돈도 좀 준다
다행히 밥은 언제나 맛있고, 수저질은 재미있는 기술
졸음까지 후식으로 나오니, 꺼억, 이런 걸 행복이라 믿어도
하나님은 손해 볼 게 하나도 없고, 나 또한 잃은 게 없으니
하늘엔 영광, 내겐 조금은 머쓱해진 평화

제2부

착한 사람

나는 착한 사람, 앞으로도 목적 없이 살아갈 것이다
당신이 말하는 종착점 같은 것은 없다
도피 중인 사람들은 나를 대하기 어렵다고 할 것이고
권위적인 사람들은 내가 의자로 보일 것이다
대화와 소통은 미개한 짓, 나를 도구로 사용한 흔적이
당신의 손에 돌도끼처럼 들려 있지 않은가
한때 시간을 주머니에 넣어 다닌 적도 있었지만
누굴 해치려는 게 아니었다, 몰래 버리기 위해서였다
투표도 하지 않을 것이다, 담배도 피우지 않을 것이다
될 수 있는 한 많은 사람을 흉보고, 욕하고, 비난하면서
변명과 복수들을 차곡차곡 지폐처럼 모아
배를 한척 사고, 진화의 역방향으로 배를 몰고 가겠다
주말엔 텔레비전을 보고, 될수록 잠을 많이 자고
제발 나를 내버려두라고, 그런 요구조차 안하고
이불 속에서, 늙은 쥐처럼 눈 오는 창밖을 멀뚱히 훔쳐보고
책도 한줄 읽지 않고, 무식하게, 형편없이, 무기력하게
학술회에서, 강연회에서, 술자리에서 몰래 빠져나온 사람처럼

늙어갈 것이다, 어떤 참회도 하지 않을 것이다
날 사랑한다면 나를 죽여야 할 것이다
도둑질도 하지 않을 것이고, 카드빚도 갚지 않을 것이다
미친놈, 샌님, 또라이, 비관주의자, 암사내, 집짐승, 퇴보,
퇴보
당신들이 날 두려워하지 않았으면 좋겠다
나는 모른 체 눈을 감고 있을 테니까
나는 끝내 당신들의 살의를 발설하지 않을 테니까

낯선 방

태아에게 분양된 하나의 방이 형태를 바꿔가며
월세방에서 일인용 관짝에서
마침내 달로 이어지는 땅속에 가서
각방, 각방, 울어대는 뻐꾸기 소리나 듣겠지
고양이 몸에라도 들어가 새로 살아보고 싶은 헛헛함이여
여인숙 노부부가 지켜야 할 계약처럼 따로 잠드는
각방, 여름이 오는 먼 산 무덤들이
거미줄을 새로 치고
물에 쓸려간 살점들을 모아 새 단장을 하는, 각방
근처에 좋은 온천이 있다는
김밥천국 여자의, 천국 같은, 밥그릇 같은, 각방
어떤 농사도 지어본 적 없는 새들도
아침이면 나뭇가지를 물어다가
허공에 구멍 숭숭한 집을 짓고 앉아 늦은 아침을 먹는
공중에서 달그락거리는 해와 달과 별의, 새의 각방
여인숙 방문을 열고 애벌레처럼 기어나가면
행려병자나 다름없는 꽃들도 풀들도, 각방
이렇게 야트막한 높이에서 흔들리느라

잡풀들은 정신없이 잎을 떨구고
사상누각이여, 현기증이여
문을 열면, 신기하게도 더 많은 방들이 열리는
주인아주머니의 양파 까는 일처럼, 어디로 가시게요
각방, 각방, 우는 뻐꾸기 소리
온천에 가면 벗은 사내들의 축 늘어진 얼굴들, 불알들
제 몸에 딱 맞게 지어졌다가 차츰 뭉그러지는, 각방, 각방
관광도 아니고 유람도 아닌 각방, 모든 게 각방

계단의 비밀

추도 명단에 없는 영혼들이 준공식 의자에 앉는다
일 나갔다가 돌아오지 않은 그는
머리말도 못 새겨놓고 어느 높이까지 걸어 올라갔을까
밤이면 계단들이 마을로 떼를 지어 내려온다
우르르 몰려와 마을의 모서리와 귀퉁이를 훔쳐간다
사람들은 직각보행을 잃어버리고
그 각진 무르팍에 개망초꽃이 염증처럼 핀다
꽃 피는 계단의 무르팍을 보라
올라가지 않으면 내려오도록 설계된 계단의 힘줄을 보라
자식을 두지 못하고 죽은 건 그만의 건축술
집으로 가는 길을 잊어버렸을 때는
처음 걸어온 계단부터 다시 걸어와야 한다, 얘야
머리를 풀어 헤친 노모가 증언하는 그의 가파른 생애는
어느 사찰의 지붕을 잇는 헌금으로 바쳐지고
올봄, 늙은 목련나무는 물관과 체관에 놓인 계단을 버리고
자신의 바깥을 향해 줄행랑쳤다
달에는 어떻게 가는가, 중력을 잃으면 된다

그는 달에 앉아 지구에서 잘못 보낸 우주선을 바라본다
사람들은 모두 저문 계단을 닫아걸고
지하실 깊이 숨겨놓은 잠을 진탕 마시기 위해 내려간다
그 길은 포르투갈 어느 섬과 이어져 있고
누가 내리다 만 줄 하나가 대롱대롱 자전하고 있다
어미가 보고 싶을 땐 이 줄을 힘껏 당겨라
몸을 접어 계단을 놓아주마, 그리로 오너라, 아가

피뢰침

너는 고독하다, 너는 세상 가장 높은 꼭대기에서 벌 받는다
놀랍게도 사람들은 꼬챙이처럼 마른 네 뼈다귀 아래에 집을 짓고 산다
개미 알처럼 하얗고 통통한 인간들이 너를 건물 관리소장쯤으로 생각한다
너는 강철을 아비로 두었지만 고작 마구간 같은 아파트 옥상 위에서 태어났다
번개를 한 손으로 움켜쥐고 바닥에 내팽개치는 무용담 따윈 네가 원하는 삶이 아니다
비와 바람과 폭설 속을 맨몸으로 뚫고 지나가는 것
분노하고 주먹을 날리는 것, 노예가 아니지만
너는 그렇게 콘크리트에 탯줄을 묻고 세상을 내려다본다
폐지 줍는 노인은 폐지 한장 때문에 악랄하고
갑부는 뜰 안에 심어놓은 쥐똥나무 한그루 때문에 악랄하다
직설적으로 말해도 악랄하고, 비유적으로 말해도 악랄하고

달래도, 타일러도, 참아도, 입을 다물어도 저들은 교묘하게 악랄하다
우산을 든 악랄함과 우산이 없는 악랄함이 지하 커피숍에서
쏟아지는 폭우와 천둥을 악랄하게 불평한다
지독하게, 야무지게, 지랄맞게 불평한다
가운뎃손가락을 세워, Fuck you!
엿이나 먹고 떨어지라고, 하늘 꼭대기까지, 凸凸, 똥침!
창자가 터질 것이다, 뇌가 파열될 것이다
항문이 구워질 것이다, 염통이 구워질 것이다
밑바닥을 배우게 될 것이다
너는 접신하는 무당처럼 눈을 감는다
선 채로 못 박힌다
번쩍, 온몸에 소름이 돋는다
올 테면 와라!
와라!
와!

나의 손

과거는 토굴이었고, 손바닥엔 언제나 더러운 때가 끼어 있었다
이사를 다닐 때마다 친구들의 당돌한 악수가 무서웠다
학교에선 숙제를 안해온 벌로 손바닥을 맞고
아이들은 입을 가리고 웃는 나를 계집애라고 놀렸다
그 손이 늙은 것이다
쩌릿쩌릿 경련도 오고, 각질이 때처럼 일어난 손이
남에게 싹싹 빌던, 터져나오는 울음을 막기 위해 입을 가리던
내 손이 곁에 누워 나를 쓰다듬는다
사랑 얘기, 때려치운 직장 얘기, 성경책을 찢어버린 얘기도
하고 싶은 눈치였으나 나는 토닥토닥 내 손을 두드린다
이 손으로 남은 생애 동안 밥이나 퍼먹다 갈 것이다
손 위에 바지랑대처럼 근심을 괴어놓고
바람 좋은 날엔 어머니의 헐렁한 속옷이라도 널어야 한다
남은 게 고작 손 하나뿐이라는 걸 알았을 때
손은 슬며시 반대편 손을 잡아 가슴팍 위에 얌전히 올려

놓았다
처음부터 이런 순간을 알고 있었다는 듯
심장이 뛰는 소리, 보일러 도는 소리, 창밖엔 눈이 내리고
눈을 감으면 어둠이 사분사분 속삭이는 소리, 나야, 나,
나야

좀머 씨는 어디로 갔을까

좀머 씨가 노래기가 되어 우리 부엌에 살던 때였습니다
할머니가 담근 물김치 속에도 빠졌고
다락방에서도 악취를 돌돌 말고 누워 있었습니다
절 좀 내버려두세요, 좀머 씨의 자기변명은
할머니 속옷 같은 데서 불쑥 기어나와
내 곱슬머리가 되기도 하였습니다
아버지라고 부르고 싶을 때마다
좀머 씨는 가려워서 바닥에 등을 대고 문질렀습니다
잔뜩 돋아난 다리와 손들이 꽃술 같았습니다
바닥공포증이었습니다
목탁 속에 몸을 동그랗게 구겨넣고
발작, 발작, 달을 마시고 사라진 좀머 씨는
달의 인력이 몸속까지 뿌리내린 걸까요
좀머 씨가 남긴 꿈틀거리는 다리 몇개를 국에서 건져내며
할머니는 물러터진 당신 눈알을 떼어냈습니다
우리는 본디 사람이 아니다, 우리는
사람이 아니다, 할머니는 사방을 둘러보며
털이 수북이 돋은 손가락을 입에 대고 중얼거렸습니다

나는 스멀스멀 길게 돋아나는 내 발가락과 혓바닥을
그제야 눈치챘습니다, 좀머 씨가 사라진 날이었습니다

광주

광주에서 나는 칼국수를 먹는 사람이었고, 담배를 사는 사람이었고
죽은 개를 풀숲에다 던져놓고, 침을 뱉고, 차를 몰고 가는 사람이었다
언제나 짓자마자 낡아가는 신축 건물들이 있고, 악랄한 집주인이 있고
모든 만남은 이용가치 때문이라는 족제비 같은 좌파 부르주아가 살고 있고
그들은 번식력이 좋은 블루길, 베스 같은 외래종 물고기 같고
아이들은 날카로운 이빨이 잔뜩 돋은 채 태어난다, 우린 유공자입니다
우쭐대며, 흥분하며, 귓속말로 말하는 처녀들이 예쁘고 간사하듯이
이 도시의 혁명과 고립의 불균형은 아름답기까지 하다
폐허를 붙들고 시비를 거는 도시, 사랑이 독이 된 도시
부정하면 번번이 긍정할 수밖에 없는 도시
입과 입으로 사후체험을 나누는 연인들처럼 광주와 키스

하며

나는 다섯명이다, 열명이다, 돼지다, 소다

개의 신분으로, 천민의 신분으로, 우리 가족은 아는 사람이 없다

유공자가 아니어서 사랑을 모른다, 무등을 올라본 적이 없다

광주에선 자살도 할 수 없다, 자살은 삶보다 턱없이 가볍다

나는 오늘 암탉처럼 세번 울었고, 세번 싸웠고, 네번 밥을 먹었다

그리고 문 닫힌 교회 앞에서 오늘이 이 도시의 무슨 기념일인 걸 알았다

이사 가는 날

우리 동네 달나라 이삿짐센터에 전화를 걸어 용달차를 부르고
달까지 가는 이삿짐 한 트럭에 얼만가요
미친년 머리카락 같은 국화 화분은 가을로 돌려보내고
울음이 많은 어머니는 요양원 앞에 심어놓고
변명을 잘하는 막내 놈 손엔 줄자를 달아주어야지
아내는 소처럼 일만 하다 죽진 않겠다고 벼르고 별렀지만
아뿔싸, 고삐는 처음부터 우리 손에 없었다
터진 장독 같은 어머니에게선 매일 간장 냄새가 난다
에구, 가스불을 또 안 껐네, 용서해다오, 날 때리진 않겠지
둘째 놈의 별명은 치킨, 겁이 많으면 사람 구실을 못하는데
큰놈은 말끝마다 쳇, 쳇, 파리처럼 비웃는다
우리는 저마다 달 속에 장난감을 하나씩 잃어버리고 온 어린이들
나는 매일 식구들의 목숨을 일일이 확인하느라 숨이 막힌다
죽었니? 다들 아직 안 죽었지?

달나라 이삿짐센터 사장님은 근심이 없는 환한 대머리
용달차 짐칸에 실려갈 고무공 같은 우리는
어디에서 터지면 좋을까요, 광주에서, 대전에서, 용인에서
원주에서, 우리는 늘 달만 쳐다보며 울었어요
도대체 누가 아직도 가방을 싸지 않았어, 이사를 가야지, 이사를
잘못했어요, 우릴 버리진 않겠죠
가자, 달나라로, 달나라 이삿짐센터에 전화를 걸어
낡은 여름옷을 몇겹씩 껴입고, 저기 텅 빈 들에 화전을 놓고
침침한 구덩이에 똥간 같은 우리들 집을 짓고

연포탕 끓이는 여자

낙지의 몸뚱이가 물에 흐물흐물 번져나가는 동안
물이 꿈틀거리며 잠시 힘들어했지만
이내 모든 걸 받아들인 낙지의 각오가 물의 체념을 빠르게 재촉했다

남자가 여자 속에 들어가 여자를 덮고 누웠다
여자가 몇년을 앓았다

해가 떴다
사람들이 흐느적거리며 일터로 갔다
담요에서 버둥거리는 아이들처럼 이유도 모르고 돌아와선 잠들었고
또 일하러 갔다
TV에선 지구의 거대한 분화구들이 냄비처럼 끓고 있었다

남자가 끝내 살지 못할 거라는 걸 여자는 알았다
해가 지고 달이 지고
창백한 지구에 가을이 왔다

그것은 조용한 예고와도 같았다

사람들이 무덤을 덮고 누워 아픈 시늉조차 하지 못했다
흐느적흐느적
울었다

여자가 낙지를 끓는 물에 넣는다
물은 오랜 생각 끝에 이내 잠잠해진다
여자가 싹둑싹둑 제 가슴팍과 허벅지를 잘라내고 있었다

해변의 묘지

자전거를 탄 사람은 길을 흉내 내고
모자를 쓴 사람은 꽃을 흉내 내고
수영하는 사람들은 왜 바다를 따라하나

세계는 바다에 뜬 하나의 유람선
두건처럼 석양을 머리에 쓴 사람들이
높이 쳐든 잔 속에 돛단배를 띄우고
섬을 향해 거수경례를 하네

가슴팍부터 낡아가는 배들은
지느러미를 흔드는 파도의 어떤 동작을 따라하나
세계는 바다 위에 정박한 나뭇잎 배
낚시를 드리우는 사람은 바다에 젖을 먹이는 사람
그 가느다란 줄을 내려 바다와 통화하고
달은 발자국이 없어 내일도 출항을 못하고
사람들은 오전엔 묵념을 하고 오후엔 밥을 먹네

바다의 무엇을 흉내 내는지 알지 못한 채

사람들은 목에 화환을 걸고
조개껍데기들이 쌓인 해변에서 인어들처럼
아이들은 파도와 숨바꼭질을 하네

꼬리는 사라지고 하얀 해군 모자만 남은
코발트블루의 바다,
바다가 전화를 걸어 무얼 명령하는지도 모르고

태어나며 소멸하는 거품처럼
절벽에서 다이빙을 할 때마다 몸이 녹는 아이들
터진 비치볼처럼 떠다니는 달

동백

차마 나를 죽일 수는 없었어, 맞기도 하고 틀리기도 한
소문 속에서, 내가 훔친 값비싼 물건 중에 네가 없기를
자가당착, 이율배반, 나는 이런 말들을
러닝셔츠처럼 입고 앉아 방 안에 발갛게 연탄불을 피웠어
시계 초침이 몸에 쏟아졌어, 어지럽게 손가락들이 떨어
졌어
인둣불로 혀를 지져도 내가 뱉은 말을 태울 수 없었어
하늘을 날 수 없었지만 건너뛸 순 있었어, 단번에
강을 가로질러 가는 성난 회오리바람처럼 미쳐서
광대버섯, 미치광이풀, 개불알꽃, 연탄가스 속에
뜨겁게 사그라지는 내 청춘이었어
차마 죽을 수가 없었어, 나한텐 너무 힘든 소식이었지만
안을 까서 자꾸 밖을 보여주는 표리부동,
아름답기도 하고 추하기도 한 네가
내 몸에 잔뜩 피어서 그랬던 거였어, 식물과 사물의 본성
내가 아기처럼 위태하게 나뭇가지 끝에 매달려
네 붉은 젖을 물고 있었어, 살고 싶었어, 그게 다였어

여행자

망가진 자동차를 타고, 망가진 표정으로 여행을 간다
마약이 합법화되고 양귀비꽃 속에 잠들면 좋겠다
어린 하나님을 벌주고, 때리고, 술심부름을 시키고 싶다
눈송이가 몰고 오는 일몰 속에서 대륙이 해저로 가라앉고
생선의 푸른 눈알을 파먹는 갈매기의 식욕처럼
아름다운 것들과 인간적인 것들을 가여워하지 않으리
수평선에서 바다와 정사를 나눈 후엔 창녀처럼 버리리
사람들은 내가 울지 않으면 너무 심심할 테니까
사랑을 잃은 여자애처럼 치마를 벌리고 앉아 울어볼까
타고 온 자동차는 눈보라 속에 표류하게 두고
아기처럼 가벼운 내 몸을 꼭 안고 유빙을 건너갈까
저 멀리 하늘과 땅이 불륜처럼 서로 몸을 포개는 저녁
내 얼굴 속에 아직도 살고 있을 어린 하나님에게
인간의 말보다 먼저 배운 인간의 불행을 보여줄까
외국인들처럼 이상한 말로 웃으며 음란한 말을 해줄까
나는 여행자, 밤마다 이교도들과 모여 술을 마신다
잠든 어린 하나님을 흔들어 깨워 함부로 인생을 가르친다

아이와 달팽이

달팽이 껍데기 속에서 잠자다 화들짝 놀라 깨어난 노인들
녹슨 백원짜리 하나 건네듯 아들에게 주었다
갖다 버려라, 골다공증 같은 구멍의 소용돌이와
안으로 들어갈수록 좁아지는 방 안에 우글거리는 노인들
아버지는 왜 혼자 주무세요? 아버지가 점이 되어
사라질까봐 무서워요, 할아버지와 할머니가 점잖지 못하게
끈적끈적 점액질 같은 농담을 나누던 날들
어린 날, 곱돌을 주워 온종일 땅바닥에 낙서하다가
마침내 그 미로 속에 내가 갇히는 것이 신기했다
늘 재수가 좋았다, 불행했지만 그건 항상 다른 사람의 몫이었다
흰 머리카락이 올해 부쩍 많이 돋는구나, 마침표
속으로 들어간 달팽이는 어디로 간 걸까
아버지는 집을 가져본 적이 없단다, 바람 들고 비도 새는
집이 없어서 너에게 미안할 게 없다
나뭇잎처럼요? 아니, 제 몸을 깨무는 거미처럼, 나선은하처럼

달팽이 껍데기를 갖고 놀았다, 내가 숨으면 아들이 못 찾고
아들이 숨으면 내가 못 찾았다, 노인들이 나와서 구경했다
아버지는 절 버릴 건가요? 달팽이 껍데기 속에 숨어
나는 몰래 울었다, 아니, 네가 날 버리게 될 거다
아버지, 아버지는 똑바로 보세요, 저는 거꾸로 볼게요
철봉에 거꾸로 매달려 깔깔거리는 아이의 뺨을 때렸다
오늘을 잊지 말고 기억해라, 이 아비가 너와 함께 있었다
몸 없는 달팽이들이 노을 속으로 양떼처럼 돌아가고 있었다

모래의 날들

하루 종일 황사가 끼었다
보라색 히아신스의 편도선이 잔뜩 부어오르고 피 냄새가 방 안에 진동했다
빨래가 사지를 늘어뜨리고 말라가고 있었다
애당초 우리들의 유물 따윈 없었기 때문에 더 쓸쓸했지만
베란다 난간까지 고개를 내밀고 올라온 시커먼 어둠의 아가리에
일용할 서로의 배신을 떠넣어주었다
죽었으면 좋겠어, 우리의 싸움은 아이러니의 형태가 되었다
눈물도 오래되어 자꾸 그리워지는 날들
방구석에 박제된 태아를 몰아세워두고, 벌을 주고, 벌을 받고
또 포옹을 하며 침대에 누웠다
상처 입은 짐승이 절대 신음을 뱉지 않는 건 생존본능 때문이란 걸
난초 이파리가 제 외투에서 날 선 단도를 꺼내어 보여줄 때마다

나이 들고, 머리가 빠지고, 이빨이 흔들리는
그런 세월의 어처구니에 기대어 희망을 맹신하는 우리가
지겨웠다
언제든 잔인할 준비가 된 짐승의 날들이었다
가장 큰 것은 자기 속에 마련된 공터의 넓이, 그 황폐함
속에 누워
돌아선 등이 풍화되며 사막이 되는 걸 보았다
감동 따윈 교미하는 개들에게나 주어버릴 일이란 걸 알
고 있었지만
차마 입 밖에 낼 수 없는 불문율을 깨고 서로 웃어주었다
입안 가득 황사와 쌀밥을 씹으며, 그렇게 우리는 자꾸 부
서져갔다

쥐들의 나라

환란이 와도 꿋꿋이 쇠를 갉아 먹고 살아남을 이름이여
오랜 수감자의 이름이여
두리번거리는 죄의식을 통해 마침내 어둠속을 바라보는 눈을 얻었구나
소년들의 꿈에 나타나 훈몽하며, 그들이 경험하지 못한 세계로 이끎으로써
공포의 동화를 만들었구나
가죽이 벗겨진 채 태어나는 어린 쥐들이여
눈을 감고 태어나는 어린 쥐들이여
종이배에 실어 보낸 네 늙은 아버지, 칼 한자루 갖지 못한 너의 늙은 왕은
지하에서 태어나 지하에 묻혔다
너는 연탄집게와 덫과 쥐약과 고양이들의 발톱을 기뻐하여라
사망을 칭송하는 자를 위해 신은 큰 선물을 내리시나니
네 한벌 외투를 부끄러워 말라, 네 수염에 엉긴 술과 침을 서러워 말라
무너진 벽을 파수하는 너희들은 어둠을 받드는 도적들

너희의 제사장은 스스로를 벌주기 위해
가느다란 전깃줄에 거꾸로 매달려 건너편 건물로 도하하는도다
때가 오면 더 크게 울기 위해 겨울잠을 축적하는도다
왕이 가신 후로 이제 법은 마음에 있고, 어디에도 사랑은 보이지 않으나
거룩한 영혼은 곡식 없는 허기 속에 머문다
깨진 콘크리트 속에 숨어 매와 올빼미들이 재처럼 부서지는 환상을 보라
쥐가 이긴다, 쥐들이 남는다, 학대와 핍박이 끝나면
얼굴도 없는, 몸통도 없는, 눈물도 없는 쥐들만 남는다
피리를 물고 울다 잠든 내 아들아

쇄빙선처럼 흘러간다

네 엄마 몸에는 얼음이 꽉 채워져 있고
잠자리 날개처럼 바삭바삭 부서지는 살얼음 속에서
하룻밤 더 늙어버린 아가야,
이 지독한 영하의 추위는 지난 계절 내내 네 엄마와 만든 것
세상이 침몰하면 대륙붕 뿌리에서 넌 녹슨 장난감을 가지고 놀겠지
몸이 견뎌준다면 정신도 견뎌줄 테니, 아가야
얼어붙은 날개를 접은 채 떨고 있는
백색의 동토에 닿을 수 있을까
이웃집 싸우는 소리, 뛰어내리는 옥상 위의 눈송이
각박하다 못해 마침내 절박해진
사람들은 각자의 원룸을 타고 벽을 밀며 나아간다
사랑은 싸늘한 극점을 가지며 삶은 그 자장에 사로잡힌다
살아 있는 상태로는 도저히 침몰할 수 없을 때
낙태, 낙하, 낙망이란 말에 서명을 한단다
아가야, 버석버석 입속에서까지 얼음처럼 씹히는 아가야
오래 독감을 앓는 콘크리트 벽, 몸이 없는 빨래들

장미꽃을 가득 싣고 항해하는 것보다 더 좋은 건 없겠지만

발도 없이 둥둥 떠 있는 말도 안되는 날들

철갑을 두른 쇄빙선이 간다, 얼음장을 건너뛰며 네 엄마가 간다

모두 저렇게 겨울새처럼 고개를 제 속에 묻고서

목적과 방향을 모른다

네 엄마는 봄에 고향을 떠났으니 봄이 그리운 거고

너는 가을에 태어났으니 겨울을 모르길 바란다

너를 차가운 물의 입자로 돌려보내며, 이것도 사랑이길

이 추위는 네 엄마와 만든 것이니

어느 땅에도 닿을 수 없는 육중한 철선들이 녹슬어가고

얼음 바다가 그걸 안고 간신히 재우고 있으니

이것도 부디 사랑이길, 아가야

고독한 혀, 즐거운 이빨

혀는 제 몸을 맛보며 묘비명을 읽는다
나사를 박을 수는 있지만 핥아서 먹을 수 없는 혀
살려둘 수는 있지만 죽일 수 없는 혀
볼펜으로 명언을 쓸 수 없는 곳에 혀가 있다
그 살점으론 신조차도 배불리 애인의 말을 굽지 못할 것이다
혀는 생각을 미리 알고, 먼저 말을 삼킨다
얼굴은 혀가 파내려간 고통스러운 문신
혓바닥의 무늬는 얼굴에 옮겨붙어 화문석이 된다
혀는 언제나 먼저 몸에 도착하고, 먼저 사랑을 지운다
이빨로 맹세해, 나를 떠나지 않겠다고
팽이버섯처럼 생긴 어금니로 오래 씹어주면 좋겠어
피 냄새, 달 냄새, 정액 냄새, 무덤 냄새
가장 어리석은 암컷으로 널 기억할게
사랑한다면 이빨을 전부 뽑아줄 수도 있어
얼굴을 다 뜯어 먹고, 골을 빠개어 씹어도 울지 않겠어
혀가 이빨들을 훑어주면 이빨들은 웃는다
혀는 이빨의 안쪽에서 사랑을 낭송한다

너를 검색하다

야곱과 요셉 같은 네 아들이 우산을 들고 너를 모시러 올 때
너는 교회 제단의 백합처럼 고개를 떨군 채 흐느끼고 있겠지
인터넷 창에서 덧없이 너를 찾아보다가 물끄러미 홍수에 잠기는 네 이름을
뭐든 훔쳐오지 그랬느냐고 나를 노크하는 네 이름을
다시는 아무도 나처럼은 불러주지 못하리, 네 남편은 영악한 세리
돈 계산이 빠르고, 회개는 하지 못하는 사람, 네 남편은 널 사랑하지 않으리
너를 만나기 위해 나는 얼마나 많은 정류장을 건설했던가
너라는 환상, 너라는 애도와 조문
하나님의 동그란 입술에서조차 발음되지 못할 너의 이름이
나무들이 상형문자처럼 틔워내는 너의 이름이
성경책 속에 끼워진 코스모스 꽃잎처럼 떨어질 때

신비한 예언들조차 비에 젖어 마스카라처럼 번지고
어머니, 힘들면 천천히 걸어요, 네 아들의 목소리에
그날 내가 보내지 못한 편지의 마지막 행을 살짝 끼워넣기라도 했으면 좋으련만
너를 읽는 것은 금지된 장난, 즐거운 악몽
찬송가 405장, 죄인들의 눈물, 하나님은 내 정직과 순수를 의심할 수조차 없으리
생각과 영혼이 이렇게 무참하게 사라져도 괜찮은 걸까
비가 내린다, 비가 내리면, 저만치 뒤로 멀어진 미래가 점자처럼 아득하다
병들어 콜록거리는 네 흰 얼굴, 네 근사하고 잘생긴 아들이 네 곁에서
우산을 들고 걸어가는 장면, 한꺼번에 지워진 과거가 나보다 늘 먼저 가닿는 곳
천국에서, 지옥에서, 이제는 그 누구도 사용하지 않을 이름
또박또박, 너의 동그란 글씨체를 흉내 내며 너를 읽는다
어쩌다가 여기까지 흘러왔나, 사랑도 없이 사람들은 무엇으로 사나

너는 어디로 간 걸까, 나는 어디쯤 멀어지고 있는 걸까
희미하게 깜박이는 너의 이름

마법을 믿을 때

어머니는 견디라 하고, 아내는 나쁜 놈이라 한다
참과 거짓의 해답을 명확히 알고 있었던
세례 요한은 목이 잘려, 쟁반에 올려진 제 목을 봐야 했다
참이라는 말, 나는 자꾸 그 말의 느낌이 궁금해서
이따금 어머니의 서랍을 뒤지거나
아내의 통장을 몰래 열어본다
내 얼굴에 달린 창문들이 덜컹이는 기분
뱀이 제 꼬리를 먹으며 점이 되어 사라지는 기분
첫사랑 소녀애는 아직도 내 편지의 문장을 해독하지 못해서
자꾸 꿈에 나타나 내게 사랑을 가르치고
어머니는 견디라 하고, 아내는 나를 미친놈이라 하고
큰애는 글쎄요, 글쎄요, 머리를 벅벅 긁는데
아무것도 믿지 않음으로써 참에 이르렀다는 데카르트는
패배주의자, 그런 점에서 약간의 마법이 필요하다
살아 있다는 증표로 가끔 눈을 깜박여주는 마법
잘린 목으로 잘린 몸을 내려다보며 위로하는 마법
한쪽 눈은 뜨고, 감은 눈으로 보는 마법

아내와 어머니의 불행한 거짓을 암송하며
자기 전에 잠깐 용서와 수면제를 꿀물에 절여두는 마법
어머니는 혀를 끌끌 차고, 아내는 자꾸 가출을 하지만

새들은 강릉에 가서 죽다

나의 생일엔 예쁜 창녀를 선물해줬으면 좋겠다
커다란 달 모양의 귀고리를 한 여자, 달에서 온 여자
캄캄한 것이 유일한 재능인 여자, 나를 죽여줄 수 있을 것 같은 여자
꽃보다 텔레비전을 볼 때 겨우 웃는 여자
생일 축하해요, 나를 혓바닥으로 꺼주는 여자
눈 내리는 강릉에 가고 싶다고, 깡통에 모아둔 게 이십만 원이라고
몸무게가 영에 가까우면 좋겠다고, 어차피 천국에 못 가지만
눈 내리는 겨울에 대관령 자작나무는 얼마나 아름다운지
뼈다귀만 남은 산맥이 허연 입김처럼 눈발을 날릴 때
산새들이 날아가고, 덧없이 왜 살아야 하는지를 묻는 이유조차 날아가고
창녀가 되기 위해 태어난 여자는 없으니
누구나 늙으면 돌아갈 곳은 보건소와 원룸과 무덤뿐
첫번째는 누군가의 아내였고, 두번째는 어떤 아이의 엄마였다고

일이 끝나도 마중 나오는 사람은 없고
여자의 이름도 그때그때 달라서 오늘은 왼쪽, 내일은 오른쪽
치킨을 좋아하나요, 나는 수면제를 좋아해요
비행사와 결혼할 거야, 이 무서운 속도, 지구의 자전이 무섭지 않게
가끔은 거리에서도 속옷을 갈아입어야 하는 여자
변기 위에 앉아 있으면, 세상에 혼자 남겨진 두려움
지옥이 있으면 좋겠어요, 모두 울고 있거나 벗고 있을 테니까
나의 생일에 배달된 예쁜 창녀
강릉, 어느 눈 내리는 항구에서 이제 막 돌아온 배들을 다시 보내며
생일 축하해요, 내 살아온 시간을 조용히 불어서 꺼주는 여자

선운사

몇번을 왔다가 입구에서 돌아갔다, 선운사
갈 기분이 아니었고, 가야 할 때가 아니었고, 날이 저물었고, 싸웠고 또 싸웠고
약장수들이 꺼내놓은 신경통에 좋다는 두충과 위염에 좋다는 느릅나무, 겨우살이
겨우겨우 살았던 놈이 부처에게 무얼 더 내놓고 가야 한단 말인가
버스가 떠나고, 매연처럼 콜록거리는 어머니와 둘이 남아
신세 한탄이나 할 것이지, 무슨 재미로 상사화를 보다 갈 것인가
위대한 시인의 시비 앞에서 시비나 걸고 싶은 마음
선운사는 보지 못하고 선운사가 있다는 표지석만 보면서
지상에 진짜 선운사는 없을지 모르지만 그래도 선운사 왔다 간다고
후일 몇번의 여행 기록을 자랑할 때 얼마나 미쁘게 선운사를 들먹일까
거기 동백이 좋았어, 여자애들 잠지 같은 꽃

기린 같은 나무들 모가지가 고향까지 돋아난 길
집도 버리고, 사람도 버리고
초저녁 막걸리에 취해 우는 우리 어머니 같은 꽃 말이야, 미친놈아, 미친놈아
미친 건 아닌데, 술을 마시지 않아도 미치게 되더라, 나이 사십쯤에도 말이야
몇번을 왔다가 갔는지 몰라, 선운사, 서운해서 선운사
부처야 죽은 다음에 만나면 될 것을 뭘 그리 서둘렀던가
도랑물에 앉아 돌멩이나 함부로 던지며 늙은 어머니와 싸웠다
다신 오지 않겠다고, 이렇게 먼 길을 왜 미련스럽게 왔다가 가는지 모르겠다고
도대체 선운사가 있으면 내게 달라질 것이 뭐가 있다고, 그깟 선운사
그깟 사랑, 물수제비를 뜨면 순식간에 건너편 동백숲에 가 박히는 저녁 별 몇개
조상 중에 누가 지극한 공을 들여 나신 몸이라는데, 고작 이러려고 어머니와 나는

선운사에 가보지도 못하고, 돌아갈 버스나 기다리나, 선운사

제3부

커피를 마시는 밤

커피를 마시는 사람들은 얼굴이 까맣다
동선의 패턴을 예측할 수 있는
대리운전사, 편의점 알바, 유령, 뮤턴트, 우리 식구들
그들은 모두 커피 애호가다, 잠을 깨면 다시 잠에 들기 위해
느릿느릿 오줌을 누고
커피의 주산지 에티오피아
아프리카인들이 영혼의 존재를 믿듯
어느날 눈물은 비워지고, 그 휑한 자리에 검은 커피콩이 자란다
쓰디쓴 맛의 정체가 무엇 때문인지
아내는 모른다, 아내는 내가 어서 죽기를 바란다
나는 노래방도 가지 않으며, 사람들을 싫어하고, 키가 크다
정지된 시간 속에 멍하게 앉아 책을 펼치면
아무 맛도 없는 곰팡이 핀 글자들
거기에 다시는 어떤 움막도 짓고 싶지 않다
마감뉴스에선 내일 벌어질 살인사건을 방송하고

구원은 아무도 모르게
혼자 커피를 마시고 있을 때 왔으면 좋겠다
나는 검은색, 쓸개즙, 멜랑꼴리, 커피, 불면, 악마, 악마
스무살 이후에 나는 노래를 잃고 수척해졌다
어떤 진보도 없이 퇴폐주의가 도래했고
탈취된 커피 찌꺼기 같은 식구들은
화분만큼 작은 방에 아무렇게나 널브러졌다
아무 대책도 마련하지 못하는 가장에 대한 책망을
어머니로부터 서너스푼 얻어와
늙은 두꺼비같이 혀를 널름거리며 커피를 마신다
인간의 시대는 가고 흡혈귀, 싸이보그, 트랜스젠더 같은
변종의 시대가 오고 있다
터키인들은 커피에 대해 지옥처럼 검고 사랑처럼 달콤하
다고 했다
아내여, 조금이라도 날 사랑한다면 죽여다오
커피를 마시고 있을 때, 뒤에서, 조용히
지옥처럼 내 피를 마셔다오

매표구에 손 한마리가 산다

네가 꾸물거리며 매표구를 기어나올 때
어둠속에서 이제 막 오르가슴에 도달한 공기들이
환희에 차서 피워올리는 백합꽃, 눈물겹다
수십년간의 동면과 혈거 생활이 있었을 뿐인 너는 빛에 눈멀어
시신경이 없고, 발만 다섯개인 다지류
모든 변명은 금방 들통나지만, 그러나 그건 가장 적당한 변명
모르는 자들은 끝내 모르기를 바란다
밖에는 사자가 있어요, 임금님이 있어요, 까마귀가 있어요
타란출라 거미가 온몸으로 활짝 피어 있을 때
끔찍한 어둠에도 그렇게 커다란 눈이 돋을 수 있음을 보라
한때 기관사가 되어 밀려오는 검은 철로나 쓰다듬고자 했을
매표구 안의 겁먹은 흰 손, 금반지 하나 매달아보지 못한 손
실연의 상처나 옆구리의 통증이나 더듬어보았을 그 나약

해빠진 손

연신 불안하게 밖을 내다보는 비둘기처럼 깃털이 다 빠진 손

껌종이나 구기고 있는 손, 그 손이 또 슬금슬금 지폐를 물고

기어들어간다, 오른쪽과 왼쪽, 몸의 수평 유지를 위해 돋아난 손

만지고 쥐고 집는 것 말고는 모든 기능을 상실한 손

손과 손이 만나는 모든 모퉁이에는 검은 터널이 입을 벌리고 있다

손은 황급히 손과 헤어지는 걸 좋아한다

플라스틱 바구니 안에는 방금 손에서 벗어난 온기가 쌓여 있다

너는 더 자라지 않는 키를 근심하지 않는다

매표구 안에 앉아 있는 한 남자의 하얀 손으로 태어난 너는

파랗게 핏줄이 번져 있다, 담쟁이덩굴

구멍 밖을 두리번거리는 생쥐

여전히 'ㅅ' 하십니까

ㅅ은 어떤 것의 사이나 속을 의미한다는 ㅅ의 계시였다
한꺼번에 ㅅ이 몰아닥쳤다
사랑, 신앙, 시, 시큰둥, 시시함…… 나는 ㅅ을 진심으로 사랑했고
그 사이와 틈새를 들여다보기 위해 기꺼이 숨을 내놓았다
사자자리인 내가 사수자리인 너를 사랑하는 아이러니
신과 시와 사랑, 무엇을 택할래, ㅅ이 진지하게 내 대답을 기다렸다
ㅅ이 나를 망쳐놓았다, 아무것도 하지 않고 ㅅ이 만들어 놓은 길을 싸돌아다녔다
어떤 것은 너무 시시했으며, 어떤 것은 너무 진지했지만
정작 내가 사랑한 것들은 내게 예의가 없었다
ㅅ의 가장자리에서 내 손금에 그어진 성공선이나 살피며
나는 ㅅ의 흔적을 아끼고 사랑하고 저주했다
ㅅ이 나를 키웠고, ㅅ이 나를 버렸고, ㅅ이 나를 필요할 때마다 불렀고
그때마다 ㅅ의 품에 안겼다, ㅅ 속을 걸으면 안개가 끼었고, 안개 속에선 소나무들이

유령처럼 걸어나와 내 목을 ㅅ의 줄기에 매달기도 했다
ㅅ을 배신한 죄로 사형을 당할 때, 내 성기는 ㅅ을 향해 잔뜩 독이 오른 채 곤두설 것이다
ㅅ이시여, 왜 나를 버리십니까, 왜 나는 당신의 ㅅ이 될 수 없습니까
인자하고 자비하신 ㅅ의 음성이
나의 ㅅ과 그 뒤에 덧붙는 자음과 모음들을 모조리 ㅅ 안으로 끌어당겼지만
내가 얻은 건 틈과 사이의 균열
ㅅ이시여, 당신의 속에 과연 내가 지금도 웅크리고
두 팔을 벌리고, 사지가 찢어진 채, 수염을 기른 채, 두 손을 합장한 채
사랑하며, 시를 쓰며, 신을 섬기며 여전히 살아 있습니까, 숨 쉬고 있습니까
멈칫멈칫, 쭈뼛쭈뼛, 흘깃흘깃, 내 생의 꽁무니까지 따라온 ㅅ이시여
ㅅ밖에 남지 않은 이 불쌍한 나를 당신은
여전히 ㅅ 하십니까

휴일의 드라이브

어떤 놈의 잘린 손가락처럼 생긴 이정표 따윈 믿지 마세요
뭐라고 써 있는지 아십니까, 공사 중, 우회하시오
우리 엄마가 맨날 관상 좋다고 말한 고종사촌은
서른두살에 죽었어요, 휴일을 위한 댓가였죠
다음 모퉁이에 내려줄까요, 안드로메다성운 옆에
가보지 못한 길들은 불쏘시개로나 써요
내 고향은 우회전, 거기서 나는 웃어본 적이 없어요
지워진 눈 화장, 찢어진 속옷, 당신도 막차를 놓쳤군요
안개 조심, 낙석 주의, 일단 정지
지금 해야 할 일은 내일도 못하게 된답니다
빛의 속도로 달아나도 운명은 금세 따라붙죠
내 손금은 아버지와 똑같아요, 지독한 울보였겠죠
휴식이 온통 길들로만 이루어져 있다는 게 억울해요
발화점에서 당신을 내려드리면 될까요, 가볍게
공중으로 날아오르는 기술, 우리의 22세기에나 가능한
기술
주머니에 모래알처럼 남은 길일랑 탈탈 털어버리고
직진, 자동차를 먹고 자동차를 임신한 사람처럼, 직진

자동차에서 자동차를 출산하고 자동차로 살다 간 사람
처럼

어린 예수

너는 거기 서 있었어, 얼굴만 남아서, 장난감 인형처럼, 벌통처럼, 메주처럼

눈썹 위에 국수 다발이 주렁주렁 달려 있고, 할머니가 신는 털신처럼 웃고 있었어

탈바가지를 쓰지 않은 너의 맨얼굴을 다시 보았을 때, 너는 사라졌어

할머니가 오랫동안 그 방을 쓰다가 돌아가셨지, 송판처럼 굳은 할머니 몸에

못을 박아 땅속에 박아놓고, 너는 밀양 박씨 부고를 알리는 전보를 쳤어

너도 보았을 거야, 사람은 냄새를 가득 담고 있다가 터뜨리는 물 봉지라는 걸

냄새가 살구처럼 터져서 쏟아졌지, 너는 할머니를 눈 속으로 끌고 다녔어

할머니가 쓰던 바구니에 말라비틀어진 감자 서너알, 곶감, 동전 몇개

너는 할머니가 아끼던 옷을 입고 대추나무 아래 서 있었어, 언제부터 거기 있었는지

손이 없는 너, 발이 없는 너, 하반신이 없는 너, 상여꾼들 틈에 너는 서 있었어

할머니 속옷 주머니에 담긴 사탕과 과자 부스러기를 먹으며

머리털이 나지 않은 아이처럼, 밥풀처럼, 문풍지처럼 너는 웃고 있었어

우린 마주 보고 서로 웃었지, 나빴어, 찡그렸어, 너는 알아? 아니, 나도 모를 일

그냥 너는 거기 있었어, 눈 오는 빈방 안에, 붉은 부적처럼, 젖먹이 갓난애처럼

할머니가 낳은 불쌍한 지푸라기 인형처럼

잔혹한 사랑의 연주법

남자가 여자의 머리채를 움켜잡네
울어, 더 크게 울어
여자의 몸뚱이를 발로, 손으로 켜네
붉은 셔츠의 여자가 흰 팬티를 다 보이면서 끌려다니네
콧구멍으로, 벌어진 아가리로
궁상각치우, 궁상맞게
피를 쏟으며 웃네
여자는 줄이 다 끊어져버린 기억을 꺼내어
제 울음소리를 조율하네
남자는 여자를 올라타고
여자의 텅 빈 울림통을 두드리네
제발 죽어, 죽어버려
풀어진 브래지어 틈으로
한때 허무의 울림통이었던 젖가슴이
빗물에 젖네
치마에 붙은 진흙이 여자를 꽉 움켜쥐고 놓지 않네
지독하게 슬퍼서 사나워진 남자와
지독하게 병신 같은 여자가

우네, 빗속에서

궁상각치우, 궁상궁상, 궁상맞게

살고 싶은 미련도 없이

원망도 없이

비가 내리네

빗줄기가 두사람을 연주하네

어디서 끊어졌는지 모를 현들이 끝없이 내려오네

개미귀신

사랑도 없이 귀신이 되어가는 세월
시를 쓰기엔 인생이 너무 짧은 건 아닐까
변명을 횃불처럼 들고 찾아가는 산 82-5번지 모래 사원
염주를 주렁주렁 목에 걸고 있는 개미귀신이란 놈은
시체애호증이 있어서
집 가까운 곳에 마른 피육을 쌓아놓는다
침침한 눈으로 머리카락을 골라내듯 언어를 골라내기엔
너무 늦은 저녁, 신경쇠약으로 잔뜩 찡그린 얼굴로
어제 먹다 남은 말을 마저 먹는다, 아득바득
시를 쓰기엔 인생은 너무 불쌍하지 않은가
수도복을 입은 개미귀신들이 미사라도 보는 걸까
모래 속에 몸을 납작 엎드린 채 울고 있다
부스스, 내 손에서 사라지는 고운 모래의 언어를 만져본다
시를 쓰기엔 너무 캄캄한 모래 구덩이에서
죽은 비유들을 해골처럼 주렁주렁 꿰어 목에 걸고
그중 입맛에 맞을 것 같은 시 한줄을 맛보다가
퉤, 하고 뱉어내는, 당최 입맛이 없는 개미귀신 한마리
폐업신고라도 해야 할까

갯장어

물 없는 갯벌에 나와 온몸으로 바다를 비틀면서 기어가고 있었다

속임수나 신파는 지긋지긋하다, 동작 그만!

잘린 밧줄 한토막이나 될 법한 크기, 더 자란다면 놈은 굵은 올가미가 될 것이다

개흙을 하얗게 모욕처럼 뒤집어쓴 알몸의 죄수여

나약해빠진 것들이 나는 싫다, 돼지든가, 빌든가, 날아가든가

멀어지고 있는 썰물 소리 끝에 섬들도 휩쓸려나가고 없는 텅 빈 갯벌

저것 봐, 에그, 흉측한 것, 아이는 기겁을 하며 물러나고

저놈만 못 나갔구나, 고아서 먹으면 좋겠네, 어머니는 손뼉을 친다

두 눈을 사다리처럼 뽑아 올리고 엿보는 게들의 빠른 소문

망할 것이다, 망할 수밖에 없다, 우라질!

경운기를 타고 바다로 나가는 아낙네들의 바구니 같은 몸에서 물이 줄줄 샌다

수건을 뒤집어쓰고 회색 눈을 내놓은 그녀들은 벙어리 같다

도시에서 살다가 왔을 것이다, 아이들을 다 키우고 홀로 남았을 것이다

어쨌든 상관없다는 듯 녹슨 호미 하나가 물음표를 캐내고 있다

숨이 턱턱 차오르는 갯장어 뒤를 따라 나무 꼬챙이로 쿡쿡 찌르며 따라간다

이놈아, 천대와 실패가 두렵지 않으냐

그만해, 불쌍하잖아, 아내는 불쌍할 것도 없이 웃는다

눈깔을 부릅뜨고 배와 등 근육에 힘이 잔뜩 들어간 갯장어 한마리

바다는 저 멀리서 푸른 똬리를 틀고 혀를 널름거린다

나무 꼬챙이로 놈의 세모꼴 주둥이를 찌르면, 아빠, 하지마, 부탁이에요

울고 있는 어린 아들을 뒤에서 꼭 붙들고 있는 어머니

서쪽으로 끝없이 뻗어나간 갯벌이 우릴 깔보는 거라는 생각이 들었다

가봐, 어디 한번 가봐, 텅 빈 조개껍질처럼 입을 벌린 채 누구도 말이 없었다

죽든가, 빌든가, 날아가든가

부활절 아침에

내 얼굴에 석이버섯이 피었어, 넌 갈수록 예뻐져, 네 배꼽에 사당이라도 짓고 살면 안될까

뱀들에 관한 시를 쓰겠어, 뱀이 되겠어, 너의 그런 웃음이 싫어, 나한테 좀 친절하면 안돼

너는 너를 위해 나를 거느리지, 강한 사람들은 다 그래, 남의 눈물을 먹고 포동포동 살이 오르거든

달덩이를 떼어 바람벽을 막아도 추워서 못 살겠어, 안되는 놈은 안되는 걸까

징그러운 미꾸라지, 거머리, 내 창자를 사랑해줘, 밥을 많이 먹지 않아서 어지러워

나는 열매를 맺지 못하는 무화과나무, 나를 데려다 길러줘, 나는 그저 많은 손님 중 하나겠지

네 자궁 속에, 네 필통 속에, 네 보조개 속에 나를 묻고 다신 너를 열어보지 않을게

아파, 배가 아파서 쑥을 뜯어 먹었어, 내장이 길가로 흘러나왔어, 알잖아, 나는 죽어도 싸

사랑받지 못한다는 거 알아, 나를 재워줄 수 없다는 거 알아, 근데 왜 넌 맨날 반말이야

넌 귀족이고 난 천민, 넌 웃고 난 울면 되잖아, 왜 넌 갈수록 젊어지고, 왜 난 갈수록 늙어가는지

왜 넌 눈을 감고도 내 몸을 통과하는 걸까, 난 무덤, 넌 구멍, 세상엔 이제 너와 나만 남았는데

목검 3종 세트를 샀다

밥을 먹을 때, 어머니와 마주 앉지 않는다
아이들 생활이며, 왜 신발을 꺾어 신는지를 묻지 않는다
식사를 다 하면, 설거지통에 수저와 그릇을 갖다놓고
내 방으로 들어가 문을 닫아걸면
이상하고 불행하고 조금은 행복한 나라가 깃든다
어제 나는 목검 3종 세트를 기어이 샀다
나는 애완견을 씻기지도, 먹이를 주지도, 때리지도 않는다
쓰다듬지도, 눈빛을 주지도 않는다, 그냥 맘대로 짖다가 죽을 권리가 있지 않은가
식구들이 TV를 보며 웃는 소리 속에 잠깐씩 내 헛기침이 끼어들고
누가 볼륨을 줄이고, 또 웃고, 또 조용해지고, 그러다간 마침내
각자 제 할 일을 찾아 뿔뿔이 흩어지는 이상하고 불행한 평화를 위해
나는 조금은 떨어져서 살아야 하는 걸까
밤중에 거실에 나가 서 있으면, 잠들지 않은 개가 나를 바라본다

개는 나를 안다, 나를 가장 많이 알고 있다
목검 3종 세트를 홈쇼핑에서 구입했지만
아무도 내게 이유를 묻지 않는다
가장은 스스로 결정하고, 스스로 물러나고, 스스로 도태된다
비가 새는지, 수도꼭지가 부러졌는지, 형광등이 나갔는지
이 조용하고 지루한 평화를 보수하기 위해선 서로 말을 아껴야 한다
개에게 저녁밥을 한차례 더 주고, 나는 팬티 바람으로 거실에 서서
목검을 휘두르며
어떤 죽은 사람의 얼굴을 떠올렸다, 두려움이라도 있으면 좋겠지만
아이들은 벌써 훌쩍 다 크고
나는 어머니와는 절대 밥을 함께 먹지 않는다

그해 여름의 끝

창밖에 모기들이 날고 있었다, 가느다란 목줄기에 여린 몸통, 투명한 날개였다

루주라도 발라준다면 예쁜 입으로 죽게 될 것이다

조금만 더 절망하다가 가면 안될까요, 모기들은 내 방에 들어오려고 애썼다

피는 달다, 칼에 베인 손가락을 물고 오래 빨아본 적이 있다

아파트 화단에 떨어져 죽은 새의 주둥이가 칸나꽃 같았다

아이들이 죽은 새를 돌로 찧는 것을 말리지 않았다

방충망을 두고 모기들과 마주 보았다, 허공을 날아본 지 얼마 안되는 것들이었다

날렵한 제트기처럼 방충망에 착지한 죽음

수직으로 매달려 내게 물었다, 당신도 우리처럼 목이 마르죠?

작게 헐떡이는 소리가 들렸다, 오랜 장마에 벽지엔 물이 스미고

눅눅한 방바닥엔 쌓아놓은 옷들이 퉁퉁 불어 있었다, 올 여름에 내가 한 일이라곤

종일 창밖을 내다보거나 밥을 먹거나 잠을 기다리는 게 다였다

끝없이 뒤로 연기되는 시간의 채무를 안고 괴로워하는 빚쟁이였다

모기들이 방충망에 털이 수북한 주둥이를 밀어넣고 내게 중얼거렸다

당신을 면회 온 것 같은 기분이 들어요, 나는 귀를 막았다

나는 창문을 닫고 다시 TV를 볼 것이다, 그 모든 걸

기다릴 준비가 되었다는 듯, 모기들의 눈이 충혈된 채 울먹이는 것 같았다

피를 잔뜩 머금은 얼굴로 꽃들이 피었다 지고, 피었다 지고

목각 인형을 깎다가 손가락 하나를 잃어버린 사람 같은 낮달이 뜨고 지고

한밤중에 일어나 물을 마시다가 귀신처럼 서 있는 나를 만나기도 했다

혁명에게

은신처를 찾아 헤매는 반란군 수장의 처소에 들어
예쁜 그의 첩이 되어 병 수발을 들고 싶다
늙어 힘없이 꼬부라진 권총, 지팡이 같은 성기를
깨끗이 닦아주는 그의 늙은 엄마처럼
덜덜 떠는 틀니, 처음 들어보는 방언으로 작성한 무슨 성명서
찌그러진 맥주캔 같은, 녹슨 수류탄 같은 그의 표정을
오래 들여다보고 싶다
먼지 낀 군복에 주렁주렁 달린 훈장들만큼이나 아름다운
밤하늘의 별들을 하나씩 따서 홍차에 넣어주고
수치심 같은 건 하나도 없을 그의 추억이나 캐내어 밀고할까
이따금 멀리 포탄 떨어지는 소리 들리고
그의 흰 수염에 흐르는 침, 흐리멍덩해진 눈
아직도 사랑이 남았다면
이 밤, 노쇠한 낙타를 훔쳐 타고 떠나도 좋다는
그의 허리춤엔 반월도 하나
임시로 친 독재자의 막사 위에 달은 조명탄처럼 밝고

그의 처진 젖가슴에 엎드려
소총 들고 보초 서는 어린 병사의 경전 소리나 들을까
혁명이여, 맹랑한 너의 전술을 들려다오
들어본 적 없는 외국어로 마지막 공격 명령을 내려다오

아내가 돌을 낳았다

길에서 돌을 주워왔을 때, 무슨무슨 여관이며 터미널 등이 한꺼번에 따라와

아랫목에 누웠다, 나는 아내에게 이놈은 장차 군인이 될 거라 했다

나는 내 식대로 경례를 붙였다

시간을 미분하여 그 틈마다 접시며 장미꽃, 비키니 옷장, TV를 들여다 놓았다

양자를 들이는 게 낫지 않아요, 나는 비유로 말하는 것이 싫었다, 유태인처럼

나는 고향을 떠나온 자였다, 돌을 갖다 버릴 기회도 있었다

이놈의 새끼를, 소주를 마시며 아내와 나는 서로의 목을 졸랐다

숨이 넘어갈 때까지, 담뱃불로 눈알을 지져보듯

학대하는 것이 가장 재미있었다, 생각보다 무서운 것은 없으니까

웃을 일이 생길 때마다 각주와 주석을 달았다

긋거나 마시거나 뛰어내렸어야 했던 날들이 변명처럼 내

볼펜 속에 숨어들었다

본명보다 가명이 좋았다, 나는 너의 개가 되었고, 아비가 되었고

너는 나의 무호흡증이 되어, 행인에게 욕을 하거나 시비를 걸었다, 그렇게

돌에서 아기가 태어난다는 고대 설화와 흉몽들이 시작되었다

이사를 다녔던 모든 원룸이 북방식 고인돌을 닮았다는 것

액자를 걸고 그 밑에 부적을 붙이면서 다시는 오지 않겠다고 썼다, 네가 커서

군인이 된다면 이 불행을 모두 감당할 수 있겠느냐

돌로 높이 단을 쌓고 그걸 할아버지로 모셨다, 새로운 건국신화의 시작이었다

아빠라고 중얼거리는 너의 말이 슬펐다, 미친놈, 폭군, 시인 새끼

아내와 나 사이에 돌이 태어났다, 내 뼈를 박살낼 단단한 놈이었다

부족한 거리, 초과한 거리

내 시선은 당신에게 이르지 못하고 어디쯤에 멈춰버렸다
나는 그 거리가 두려움 때문에 생긴 거라 생각했다
당신은 두려움은 사랑이 아니라 했다
겨울나무 줄기들이 쳐놓은 엉성한 그물에
아름다운 여자들이 잡혀 뼈만 남은 노파가 되는 걸 보았다
손을 뻗으면 하늘 한쪽이 가만히 휘어졌다가 튕겨져나왔다
투명한 고무공, 작용과 반작용, 악수와 거절
감탄사로 기록할 수밖에 없는 인간의 역사를 물고
새들이 곤두박질쳤다, 나는 때로 너무 진지했다
초점이 맞지 않는 외눈 안경을 쓴 당신을
가끔 돌아오는 골목에서 몰래 훔쳐보곤 했다
당신은 나를 초과하거나 아니면 턱없이 내게 부족했다
양극단을 펼쳐놓은 종이에 편지를 썼다
너무 긴 이야기, 사랑은 이렇게 계속 지체되는 것이 아닐까
원시의 당신이 근시인 나를 응시하듯이

귀가 없는 눈송이들이 종일 들판에서 저희들끼리
더듬더듬 녹아 없어질 말을 엮어나가는 것을 보았다
그 가운데 어디쯤, 나와 당신이
서로 등을 대고 걸으며 자꾸만 멀어지고 있었다
나는 부끄러움이 많았고, 당신은 나를 원한 적이 없었다

지구를 떠나며

구제역과 독감과 매독, 우울증이 창궐하고 한때 나의 마음을 가졌던 당신이
이 도시 어딘가에서 백발 노파로 늙어가고 있다는 소문이 가장 서글퍼요
영혼은 맨땅에 가까워지고, 눈과 귀는 나뭇잎처럼 벌레 먹었어요
나는 더 좋은 노예가 되고, 당신은 더 무정한 주인이 되어
꽃을 심고 그냥 시들게 두어요
죽은 새들, 부서진 피아노, 누가 쓰레기통에 버린 생리대
교회당 문이 꼭꼭 잠겨서 돌아왔어요, 나는 없어도 좋아요
나는 노래를 잃어버린 사람, 당신은 아직도 그 술집에서 나를 기다리나요
나는 비약하는 버릇을 버리고 저녁 여섯시에 여길 뜨겠어요
새로운 사람이 되어 우주 비행선 티켓을 끊고, 당신과 헤어지겠어요
당신은 작은 입으로 매독균처럼 악을 쓰며, 밥을 먹으며

늙어가겠죠
부서진 비스킷 가루처럼 떠도는 머나먼 별들
나는 한번도 배우지 않은 노래를 그리워하는 이상한 병에 걸렸어요
누군가 당신을 겁탈하고 옷을 빼앗고, 곁에서 평생 같이 살아주길 바라요
떠나기 전, 마지막으로 당신과 섹스하고 싶었어요, 도시 어딘가에서
술병이 된, 콘크리트가 된, 쥐약이 된, 나의 사랑, 나의 하나님

칼춤

식칼을 주머니에 찔러넣고 언덕을 올라가는 밤
말도 안 통하고, 법도 안 통하고
애원해도, 울어도, 삼박 사일 배 깔고 현관에 누워도
바퀴벌레 보듯 그 위를 타 넘어다니는
집주인 내외를 위해, 전세 육천만원이 우스워죽겠다는 놈들을 위해
얼마나 황홀한 포도주 냄새가 나는지
깨진 병 조각이 얼마나 깊이 살 속에 박히는지
재산 다 빼돌리고 부도를 낸 건달 출신 주인놈은
닭 잡아먹은 손으로 오리발을 내밀며 욕을 하다가
아이처럼, 내 날 선 허리에 매달려 용서를 더듬는다
쥐며느리 같은 눈을 해 뜨고 기어나온 주인집 여자
뱃살에 기름이 끼어서 감마리놀렌산, 천연토코페롤을 처먹는 여자
사람이 집 없이 사나 못 사나?
주춤주춤, 멈칫멈칫, 아다지오, 알레그로 알레그로
그리고 허겁지겁 뒤를 밟아온 식구들의
급하고도 느린 울음

바깥과 안, 나와 너, 그 어느 쪽도 후벼파내지 못하는 지점에서

원심력, 구심력의 힘으로 춤추는 칼

말도 안 통하고, 법도 안 통하고, 울음도 안 통하는

주인 연놈들 앞에서 요동치는 내 복중의 착한 태아들과

먹구름을 열고 내다보는 죽은 아버지

칼이여

제발, 멈추어(지 말아)다오

귀뚜라미와 나

불길한 감정은 더듬고 싶지 않다는 애인의 말이 귀엽다
가을은 사랑을 포기하게 만든다, 깔깔
우주까지는 깡충깡충 뛰지 못하고
고작 은신을 위한 얇은 비닐막 같은 원룸에서
우리는 겨우 날개를 바스락거린다
플라스틱 병에 누가 우릴 가두고 장난치는 건 아닌지
머리, 가슴, 배로 나누어지는 신체의 각 기관들은
명료하게 영혼의 위치를 지시하지 못한다
등이 넓은 아스팔트에 올라타 세계를 유랑하고 싶다
이랴, 이랴, 회전목마를 타는 아이들처럼
출처도 없고 인용도 없는 밤이 한페이지씩 돌아오고
나를 위로하는 건 애인의 거대한 알집과 음부
다음 세상 같은 건 없다는 애인의 말이 근사하다
지하철역에서 날개를 비벼 노래를 구걸할 수도 있지만
근원이나 영원, 미래 같은 단어는 엿 같다
욕하는 내 입을 애인의 입술이 핥아준다
관절을 분질러서 화분에 심어놓은 여름도 가고
오늘 하루 살고, 내일은 멀리 날아가서 죽자는 애인의

말이

어떤 명언보다 더듬이에 잘 들러붙는다

지하실에 시커멓게 귀뚜라미가 모여드는 가을이 왔다

그곳에 갔었다

조약돌 속에 잠든 네 얼굴로 물수제비를 뜨면
찰방찰방 건너가는 한숨이여, 소금쟁이여
나는 물 위를 걷는 기적을 믿었었다

아내는 드라마 주인공을 짝사랑하고
아이는 천식을 앓는다, 밤 깊은 곳에서 하루를 건너가는
배가
폭죽을 쏜다, 콜록콜록
어디로 가는지 인부들에겐 목적지가 중요하지 않다

성배를 지키는 십자군처럼
얼음장 밑에 흰 머리카락을 기르며 늙어가는 내가
아직도 그곳에 갇혀 지느러미를 흔들며 헤엄치고 있다
그곳에서 말이다, 지옥 같은, 낙원 같은 그곳에서

아들아, 아비가 살인죄를 짓거든 어떻게 할래
그런 슬픈 숙제는 내지 말아요, 엉엉
호랑가시나무 한포기를 폐교 운동장에 심어놓고, 아이도

세상에 없는 크리스마스를 기다리게 될까

기적을 보여다오, 기적이 아니라면
어떻게 여길 건너갈 것인가
눈먼 두더지처럼
그 겨울 눈 속을 종일 뚫고 너의 집으로 가는 길을 만들었을 때
너는 네 어머니처럼 늙고 병들어
젊은 나를 바라만 보고 있었다, 신이시여, 왜 오지 않으십니까

아내도 나처럼 침대에 누워 제 몸을 만진다
우리들 잠엔 찬송가처럼 아름다운 후렴구가 없어서
잠든 아들의 어깨가 가냘프다
뒷산에선 달이 닻을 거두어올린다
포승줄에 묶인 채 나무들이 고개를 숙이고 우리를 바라본다

당신 자신을 위해서 우세요, 아내는 꿈속으로 흘러가고
나는 아무것도 남은 게 없는 사람이 되어, 언제고
그곳에 갈 것이다, 그곳에 갔었으니까, 그곳에 갈 수 있을 것이다

폭탄먼지벌레

용서하지 않겠다는 뜻이지
어디 한번 덤벼보라는 얘기지
그깟 논리나 법 조항 갖고는 말하지 말자는 거지
학벌로, 돈으로, 백으로 말하는 놈들이 있으니까
씨도 안 먹히는 말로 깐죽거리는 놈들이 있으니까
폭탄으로, 식칼로, 주먹으로, 깡으로
모든 간섭과 월권으로부터 나를 지키겠다는 거지
엘리트 민주주의자, 강남좌파, 리무진 리버럴
오케이, 해볼 테면 해보라는 거지
나와서 알몸으로 한판 떠보자는 거지
네가 터지든 내가 터지든 한번 해보자는 거지
조용하며 예의 바른 웃음, 살뜰한 표준어
다 먼지로 만들어줄 테니까
뜨거운 속을 바깥으로 까뒤집으며
나는 반정부군, 나는 동학당, 나는 폭탄과 먼지의 벌레
어디 한번 해보자는 거지
올 테면 와보라는 거지

| 해설 |

모래 사원의 내면 혹은 그림자의 언어

이재복

1. 견고한 불화와 무중력의 역사

최금진의 시는 '읽는다'보다 '들여다본다'는 표현이 더 잘 어울린다. 이것은 그의 시에 드리운 무의식의 그림자 때문이다. 의식의 투명함이 아닌 무의식의 불투명함이 우리로 하여금 그의 시를 좀더 주의 깊게 들여다보게 한다. 주의를 기울여 들여다보면 그 그림자가 세계와의 불화에서 비롯된 것이라는 점을 알게 된다. 시인과 세계와의 불화는 시의 기본이지만 그의 시에서의 그것은 남다른 데가 있다. 무엇보다도 그의 불화는 여느 시인의 그것과는 다른 구조를 지니고 있다. 그것은 바로 "대칭의 병목"으로 특징지어지는 "모래시계의 구조"이다.

나와 나 아닌 것의 투쟁, 이 대립구조가
당신과 나의 육체의 골격을 이룬다
불투명한 유리를 텁텁, 씹으며
서로가 내연의 사막을 견디고 있을 때
벗은 몸으로 증오의 더께를 가늠할 때
이 싸움은 누구든 패한다
낙타 위에서 낙타가 된 사막의 전사들
그 전쟁 같은
관계,
핥아 먹을 수 없는 성기와 등의 관계
두개의 유방과 브래지어의 관계
(…)
당신과 나는 양극단에서 만나
증거를 지우기 위해 서로를 매립한다
당신의 얼굴이 사라지고 나면
비로소 내가 한개의 무덤이 되는 구조
그 대칭의 병목에
당신과 내가 살아 있다는 추문만 가득 몰려온다

—「모래시계의 구조」 부분

이것은 병목을 기준으로 양쪽에 있는 모래가 현존하면서 부재하는 세계이다. 시인은 이것을 "당신과 나는 양극단에서 만나/증거를 지우기 위해 서로를 매립"하거나 "당신의 얼굴이 사라지고 나면/비로소 내가 한개의 무덤이 되는 구조"로 인식한다. 이러한 구조는 당신과 나의 관계가 부정적인 징후를 강하게 드러낸다는 것을 의미한다. '매립'과 '무덤'이 표상하듯이 둘의 관계는 어떤 상황에서라도 "누구든 패"하는 관계인 것이다. 또한 그것은 "성기와 등의 관계"나 "유방과 브래지어의 관계"처럼 서로 "핥아 먹을 수 없는" 비극적인 운명을 타고난 관계이기도 하다. 시인이 보여주는 그 관계성은 희망적이기보다는 절망적이고 희극적이기보다는 비극적이다. 관계성이 얼마나 견고한 것인지를 "당신과 나의 육체의 골격"이라는 표현을 통해 드러낸다. 쉽게 회복할 수 없는 이 절망적인 간극의 심연에 대한 시인의 인식과 태도가 그의 시세계를 결정한다고 할 수 있다.

의지만으로는 쉽게 극복할 수 없는 견고한 모순과 부조리한 상황에 놓인 자신의 처지에 대해 시인은 "불투명한 유리를 텁텁, 씹"는 것과 같다고 고백한다. 이 고백은 매우 예각적인데, 특히 "불투명한"이라는 대목이 그렇다. 그는 자신이 처한 모순되고 부조리한 상황 속에서 세계에 대한 어떤 투명한 전망을 가진다는 것 자체가 불가능하다고 판단했는지도 모른다. 시인에게 불투명한 세계는 무의식의 그림자에 다름 아니며 이로 인해 그는 "유리를 텁텁, 씹"는 고통을 감내할 수밖에 없다. 그가 유리를 씹을 때마다 불투명한 세계는 더욱 강렬하게 환기될 것이고, 견고하게 유지되던 현실의 투명한 세계는 존재성을 상실하게 될 것이다. 이렇게 되면 무의식의 그림자가 불쑥 솟구쳐 기존의 견고한 것들을 흔들어놓거나 해체해버리고, 시인의 현실적인 감각을 약화시키거나 앗아가버리기까지 한다. 그럴 때 시인은 "무중력"(「늙어가는 첫사랑 애인에게」)의 세계를 살 수밖에 없다. 이 세계에서 물리적인 시간의 체험은 가능하지만 의식적인 시간의 체험은 부재할 수 있다. 가령 "내가 꾸는 꿈엔 나비와 꽃과 노래가 없으니/사랑이 없는 시간, 사랑이 없어도 아침이 오는 시간"(같은 시)이라고 할 때 여기에서 시인이 상실한 것은 무엇일까? 문맥상 그것은 분명 '사랑' 혹은 '사랑의 시간'이다. 이 사랑의 시간은 '나비' '꽃' '노래' 등에 내재한 것으로, 저녁이 지나면 아침이 오는 자연적인 시간이 아니라 "내가 꾸는 꿈엔"에서 알 수 있듯이 나의 의식이나 무의식을 통해 얻어지는 것이다.

이렇게 시인이 "사랑이 없는 시간", 다시 말해 "나비와 꽃과 노래가 없"는 시간을 산다는 것은 그의 일상이 "하루 종일 황사가 끼"는 "모래의 날들"(「모래의 날들」)이라는 사실과 다르지 않다. 일상이 "사랑이 없어도 아침이 오는" 그런 시간의 연속이라면, 그래서 그것이 견고한 "육체의 골격"(「모래시계의 구조」)을 이룬다면 그것이 곧 그만의 '무중력의 역사'가 시작된 것이라고 할 수 있다. 이런 점에서 그는 늘 공기가 모자라 숨을 헐떡거리거나 아니면 그것을 숨기기 위해 "절대 신음을 뱉지 않는"(「모래의 날들」) 모습을 하고 있는 것이다. 아니, 어쩌면 그는 우리가 볼 수 없는 세계에 존재할 수도 있다. 어쩌면 "내가 없는 해저에" 살거나 "바다 밑에 지느러미가 없는 새들이 기어다니는 시간"(「저녁 여덟 시」) 속을 살고 있는지도 모른다. 시인이 세계와의 불화를 드러내는 방식은 이처럼 다양하지만 우리가 그의 시에서 보게 되는 것은 세계와의 불화 속에서 무중력의 역사를 살아내고 있는 한 '상처 입은 영혼'의 모습이라고 할 수 있다.

2. 어두워지는 밤을 향해 떠나는 놀이

세계와의 견고한 불화와 무중력의 역사를 지닌 시인은 본능적으로 다시 세계와의 평형을 유지하려고 한다. 이 과정에서 그만의 독특한 세계인식과 대응방식이 탄생한다. 시인에게 그것은 일종의 '놀이'이며, 그는 이 놀이를 통해 깨어진 세계와의 평형 상태를 회복하려고 한다. 어쩌면 우리에게는 그의 놀이가 무의미하게 보일 수도 있다. 하지만 그 놀이에는 세계와의 평형 상태가 깨진 데에서 오는 상처를 외면하거나 회피하지 않고 그것을 상처로서 즐기려는 '환상의 윤리학'이 작용하기 때문에 그것은 결코 무의미한 것이 아니다.

어떤 놀이든 그 이면에는 주체의 자발적이고 자율적인 의식과 행동이 내재된 만큼 그것을 강제하거나 통제하려는 시도는 실패로 끝날 수밖에 없다. 놀이 주체의 자발적인 즐김이 전제되어야 세계와의 불화와 무중력의 역사에서 비롯된 무의식의 어두운 그림자가 자연스럽게 의식의 차원으로 드러나게 된다. 시인이 지니고 있는 무의식의 그림자의 정도를 이해하고 판단할 수 있는 근거 중의 하나가 바로 이 놀이라고 할 수 있다. 이 놀이 속에는 인간이 본능적으로 지니는 유희충동과 창작충동이 내재해 있어서 그의 시를 이해하고 궁극적으로 시인과 시가 은폐하고 있는 세계의 의미를 들추어내는 데 중요한 단초가 된다. 이런 점에서 시인이 보여주는 놀이는 주목의 대상이 될 수밖에 없다. 놀이의 의미를 이렇게 확장하면 시 쓰기 자체가 모두 놀이라고 할 수 있을 것이다. 하지만 시인이 초점화하고 있는 놀이는 '아이의 놀이'이다.

아이가 기차놀이를 한다, 이미 가버렸을지도 모를
중년의 나를 승객으로 태우고
소문과 소음이 저기 뒤에 소실점으로 사라지는 터널
거기서 쏟아져나오는 박쥐들처럼
식구들 얼굴이 매달려 있는 액자 속의 사진에

아이는 껌을 붙이거나 야광 별을 붙이면서 꽥꽥 운다
내가 나였다는 것이 영원히 루머에 묻히듯
이 무수한 소멸의 노선 아무 데서나 나를 내려놓고
아이는 검은 화차가 되어 떠나버린다
아버지는 너무 재미가 없어요
이런 식으로 떠났던 기차여행이 벌써 몇번째인지 우리는
유희 속에 제 생각을 섞어서 말하는 법을 배운다
칙칙폭폭, 저녁밥 끓는 소리가 어머니 입에서 뿜어져나오고
새끼줄에 혹은 나일론 줄에 허리를 묶고
우리는 어두워지는 밤을 향해 또 떠나야 한다고 믿는다
놀이처럼 한꺼번에 너무도 많은 일들이 지나간 것이다

—「아이의 기차놀이를 보며」 부분

시인은 아이의 기차놀이에 자신의 의식과 무의식을 투사하고 있다. 그것은 아이야말로 놀이의 가장 순수하고 본능적인 주체이기 때문일 것이다. 아이의 기차놀이를 통해서 그는 "유희 속에 제 생각을 섞어서 말하는 법을 배"우려고 한다. 아이에 비하면 그는 이 법에 무지한 편이다. 그래서 아이는 "아버지는 너무 재미가 없어요"라고 말하는 것이다. 놀이에 익숙하고 그것을 재미있게 즐길 줄 아는 아이라

는 존재는 그에게 "내가 나였다는 것이 영원히 루머에 묻"혔으며 자신이 한 여행이 "무수한 소멸의 노선"을 다닌 것에 불과하다는 자각을 하게 한다. 또한 아이는 그에게 자신의 여행이 "어두워지는 밤을 향해 또 떠나"는 것이라는 믿음을 가지게 한다.

그러나 아이의 기차놀이를 통해 시인이 자신의 불안정한 정체성과 자신이 처한 상황을 자각하게 되었다는 것이 그 놀이의 끝을 의미하는 것은 아니다. 그의 놀이는 밤이 존재하는 한 계속될 수밖에 없다. "우리는 어두워지는 밤을 향해 또 떠나야 한다고 믿는다"라는 고백에서 알 수 있듯이 그에게 여행 혹은 놀이는 피해갈 수도 외면할 수도 없는 의지와 신념의 산물이라고 할 수 있다. "무수한 소멸의 노선"을 끊임없이 여행해야만 하는 것이 그의 운명이라면 그 노선은 삶 자체가 된다. 노선이 삶이고 삶이 노선이라면 그에게는 진정한 "휴식이 온통 길들로만 이루어져 있다"(「휴일의 드라이브」)고 해도 과언이 아니다. 길에서의 휴식이 불가능한 것은 아니지만 그것은 어떤 목적지에 이르는 과정이라는 점에서 진정한 휴식과는 거리가 있다. "검은 화차"나 "밤"이 표상하듯이 그것은 어둠속을 뚫고 어디론가 정처없이 흘러가야 하는 불안과 공포의 여정이다.

"휴식이 온통 길들로만 이루어"진 시인의 여정은 자연스럽게 '집'의 부재를 강하게 환기한다. 길과 집은 거의 한쌍이라고 해도 과언이 아니며, 길이 과정이라면 집은 결과라고 할 수 있다. 이 말은 길에서의 여정이 집에서의 휴식으로 이어진다는 것을 의미한다. 하지만 시 속의 아버지, 다시 말하면 시인의 치환된 존재인 아버지는 “집을 가져본 적이 없단다”(「아이와 달팽이」)라고 고백한다. 집이 없기에 그곳에서의 휴식이란 있을 수 없다. 휴식이 없는 고단하고 불안한 여정 속에서 미래는 디스토피아적인 전망만을 드러낼 뿐이다. 미래의 한 표상인 ‘아이’는 그의 시에서 희망이나 구원의 존재로만 등장하지 않는다. 미래와 관련해서 볼 때 아이는 “검은 화차가 되어 떠나버리”(「아이의 기차놀이를 보며」)거나 “얼어붙은 날개를 접은 채 떨고 있는”(「쇄빙선처럼 흘러간다」) 존재로 등장할 뿐이다. 이런 상황에서 “사랑은 싸늘한 극점을 가”질 수밖에 없고, “삶은 그 자장에 사로잡”(같은 시)힐 수밖에 없다. 그래서 시인은 아이에게 이렇게 말할 수밖에 없는 것이다.

발도 없이 둥둥 떠 있는 말도 안되는 날들
철갑을 두른 쇄빙선이 간다, 얼음장을 건너뛰며 네 엄마가 간다
모두 저렇게 겨울새처럼 고개를 제 속에 묻고서
목적과 방향을 모른다
(…)

어느 땅에도 닿을 수 없는 육중한 철선들이 녹슬어가고
얼음 바다가 그걸 안고 간신히 재우고 있으니
이것도 부디 사랑이길, 아가야

—「쇄빙선처럼 흘러간다」 부분

시 속의 아이는 "목적과 방향을 모른" 채 "어느 땅에도 닿을 수 없"어 "녹슬어가"는 쇄빙선을 타고 있다. 극한 상황에 처해 있는 아이에게 시인이 해줄 수 있는 것은 "이것도 부디 사랑이길" 바란다는 말뿐이다. 이 말은 모래시계의 모순되고 부조리한 구조에 갇혀 방향성과 목적성을 상실한 채 살아가는 시인 자신에게 하는 말에 다름 아니다. 목적도 방향도 모르고 "어두워지는 밤을 향해"(「아이의 기차놀이를 보며」) 떠나는 시인의 놀이는 불안하고 위험한 것이 사실이다. 하지만 이 놀이가 새로운 모험을 가능하게 하여 결과적으로 시의 형식과 내용에 영향을 주게 된다.

시인의 놀이가 드러내는 이러한 흐름은 세계의 불투명성으로 이어지고, 이것이 커질수록 시인의 무의식의 그림자 역시 커지면서 시적 주체는 과도한 결핍과 욕망 추구의 증상을 보이게 된다. 시적 주체의 결핍과 욕망에 의한 자기 파괴와 해체, 자기 생성과 구성 등의 원리는 시의 성격은 물론 그 세계의 이면에 은폐된 의미에까지 영향을 미친다. 그의 놀이가 궁극적으로 겨냥하는 바가 여기에 있다면 그의 내면에 드리운 무의식의 그림자의 징후를 섬세하게 포착하여 그것의 의미를 들추어내는 일은 무엇보다도 중요하다고 할 수 있다. 그의 놀이는 점점 어두워지는 밤을 향해 있다. 그리고 마침내 그 속으로 자신의 모든 것을 던져 어둡고 불투명한 세계를 즐기려 한다. 이제 문제는, 그가 얼마나 절실하게 그 어둡고 불투명한 세계와 부딪쳐 자신만의 미학적인 영토를 획득하느냐 하는 데에 있다고 볼 수 있다.

3. 자기파괴와 먼지의 행성에서 온 타자

시인이 어둡고 불안한 세계 속으로 자신을 투사한 것은 그 세계에 영원히 갇혀 있기 위해서가 아니라 그곳으로부터 벗어나기 위해서라고 할 수 있다. 어둠으로의 투사를 통해 밝음을 겨냥하는 이러한 역설의 방식은 모순되고 부조리한 세계를 입체적으로 들추어내는 데 효과적이다. 이 역설의 논리대로라면 어둠은 밝음을 위해서 존재하는 것이고, 밝음은 또한 어둠을 위해서 존재하는 것이다. 세계의 의미를 어느 한쪽으로만 규정하지 않고 양쪽 모두 고려함으로써 상생과 상극의 생생하고 역동적인 흐름을 지각하고 그것을 시적인 에너지로 연결시키는 일이 가능하게 된다. 이것은 삶과 죽음, 밝음과 어둠, 환상과 환멸, 기쁨과 슬픔,

만남과 헤어짐 등이 서로 분리되어 있는 것이 아니라 한몸에 지나지 않는다는 것을 말해준다. 이런 점에서 볼 때 그의 시의 어둡고 불안한 세계는 그 자체로 끝이 아니다. 그 이면에는 밝고 희망적인 세계로 통하는 길이 존재하며, 그것을 탐색하는 데 그의 지각력이 작동한다.

시인의 이러한 인식 태도는 그의 시 전반에 내재하는데, 그중에서도 「부활절 아침에」의 "난 무덤, 넌 구멍, 세상엔 이제 너와 나만 남았는데"라는 대목은 특히 인상적이다. 여기서 주의 깊게 살펴보아야 할 것은 시인이 세계를 어떻게 규정하고 있느냐 하는 점이다. 먼저 그는 세상을 '나'와 '너'로만 규정한다. 이렇게 규정함으로써 세상은 초점화되고, 이것은 결국 "난 무덤"이고 "넌 구멍"이라는 사실을 부각시키는 효과를 불러일으킨다. '무덤'과 '구멍'은 어둠과 밝음, 죽음과 삶, 환멸과 환상, 슬픔과 기쁨, 헤어짐과 만남이라는 의미를 선명하게 드러낸다. '나'와 '너' 혹은 '무덤'과 '구멍'의 관계는 이분법적인 차원을 넘어 상호보완적인 성격을 지니고 있기 때문에 무덤으로의 투사가 곧 구멍으로 나타나고, 구멍으로의 투사가 곧 무덤으로 나타나기에 이른다. '나'와 '너'의 관계를 통해 드러나는 시적 전략은 "난 무덤"을 겨냥할 때 더욱 빛을 발한다.

"난 무덤"이라는 규정은 시인 자신이 지니고 있는 어둠의 깊이를 드러낸 것이라고 할 수 있다. 그렇다면 그 이면에 은폐되어 있는 어둠이란 무엇일까? 이 물음에 대한 답은 이미 "난 무덤"이라는 규정 속에 있다고 볼 수 있다. 자기 자신을 무덤이라고 규정하는 심층에는 자기모멸이나 자기환멸 같은 감정이 자리하고 있는 것 아닌가. 이러한 감정은 기본적으로 욕망의 극대화로 이어지거나 자기파괴적인 성격을 띨 수밖에 없다. 자기파괴성이 부정적으로 나타날 경우에는 극단의 허무주의로 빠질 위험성이 있지만 그의 시에서의 그것은 '구멍'을 전제하고 있기 때문에 거기까지 이르지는 않는다. 이런 점에서 그의 시가 보여주는 가학적이거나 피학적인 감정과 냉소적인 태도 등은 '무덤'을 넘어 '구멍'으로 나아가기 위한 과정이라고 할 수 있다. 가령 「갯장어」에서 시인은 "갯장어"라는 대상에 자신의 의식을 강하게 투사하고 있는데, 그 가학성이 극에 달할 정도이다. 그는 갯장어를 향해 "망할 것이다, 망할 수밖에 없다. 우라질!"이라거나 "나약해빠진 것들이 나는 싫다, 돼지든가, 빌든가, 날아가든가"라고 격하게 자신의 감정을 토로하고 있다. 뿐만 아니라 「그해 여름의 끝」에서는 "아이들이 죽은 새를 돌로 찧는 것을 말리지 않았다" "피를 잔뜩 머금은 얼굴로 꽃들이 피었다 지고, 피었다 지고"처럼 과도한 적의와 살의를 드러내고, 「폭탄먼지벌레」에서는 "다 먼지로 만들어줄 테니까"라며 강한 자폭의 감정을 발산하고 있다.

그의 이러한 감정 투사는 자신의 무의식의 어두운 그림

자의 상태를 적나라하게 들추어낼 정도로 극에 달해 있어서 시의 세계를 바꿔놓는 데 이르고 있다. 그의 내면의 무의식의 그림자는 단순한 배설이 아닌 생산의 차원으로 이어지고, 극에 달한 가학성은 '향유'나 '즐김'의 속성으로 질적 변화를 거친다. 그렇지 않다면 극에 달한 가학성은 미적으로 정체되거나 도태되고 말 것이다. 이런 점에서 "학대하는 것이 가장 재미있었다"(「아내가 돌을 낳았다」)라는 그의 고백에는 진정성이 느껴진다. 이때 '재미'는 '매력' '아름다움' '즐거움' '즐김' 등을 함의하는 미학적인 용어가 된다. 그의 자기파괴적인 태도가 질적 변화를 통해 일정한 미적 수준을 성취했다는 것을 잘 표상하는 시어가 바로 "아가"라고 할 수 있다. '아가'는 그의 시에서 다양하게 등장하지만 「아가에게」에서의 그것은 남다른 데가 있다. 그에게 '아가'라는 존재는 신생의 의미를 지닌다.

네 몸을 우연과 필연에 맡기기 위해
아가, 너는 홀딱 벗고 온다

(…)
너에게 기존의 방식은 금지되고
이후에 너는 마음껏 불행해져도 좋다
거대한 꿈을 자궁처럼 안고 잠이 든 아가

(…)

아가, 너는 멀리 먼지의 행성에서 온다
내게로 온다, 내게로 와서 울음을 가르친다

—「아가에게」 부분

그는 '아가'를 "먼지의 행성에서 온" 존재로 보고 있다. '먼지'는 소멸이지만 '아가'는 생성이다. 이것은 소멸을 통한 생성, 죽음을 통한 삶, 혹은 '무덤'을 통한 '구멍'의 차원으로의 질적 변화를 의미한다. '먼지'가 소멸을 통한 생성의 차원으로 질적 변화를 도모하기 때문에 그는 '아가'가 "내게로 와서 울음을 가르친다"라고 한 것이다. 여기에서 말하는 '아가'의 '울음'이란 "기존의 방식은 금지되"는 신생의 표상이라고 할 수 있다. 이렇게 '아가'로부터 '울음'을 배우고 싶은 나의 욕망의 이면에 자리하고 있는 것이 바로 신생이라면, 그것은 기존의 미를 넘어선 새로운 미에 대한 바람과 탐색을 드러낸 것에 다름 아니다.

그의 시에서 '아가'는 "태어나면서 이미 죽은 아기들"(「검은 일요일」)이 말해주듯이 저주받은 운명이나 비극을 지닌 존재이기도 하지만, 우리가 여기에서 간과하지 말아야 할 것은 그러한 존재성이 시인과 그의 시의 질적 변화를 위한 원천이라는 점이다. 그는 '아가'의 비극적인 운명을 외면하지 않고 그것과 맞서 그것을 해체('먼지')한 다음 재구성하여 기존의 방식과는 다른 세계를 꿈꾸고 있다. 어쩌면 그는 "멀리 먼지의 행성에서 온" '아가'의 울음소리가 듣고 싶은 것인지도 모른다. 이런 맥락에서 보면 "태어나면서 이미 죽은 아기들"은 시 혹은 예술(미학)의 운명을 극단적으로 표현한 것이라고 할 수 있다. 저주받은 비극적인 운명이 무거울수록 아가는 더 "홀딱 벗고" 올 것이고 또 그에게 더 잘 "울음을 가르"치게 될 것이다.

4. 개미귀신의 사랑과 시

사랑도 없이 귀신이 되어가는 세월
시를 쓰기엔 인생이 너무 짧은 건 아닐까
변명을 횃불처럼 들고 찾아가는 산 82-5번지 모래 사원
염주를 주렁주렁 목에 걸고 있는 개미귀신이란 놈은
시체애호증이 있어서
집 가까운 곳에 마른 피육을 쌓아놓는다
(…)
시를 쓰기엔 너무 캄캄한 모래 구덩이에서
죽은 비유들을 해골처럼 주렁주렁 꿰어 목에 걸고
그중 입맛에 맞을 것 같은 시 한줄을 맛보다가

퉤, 하고 뱉어내는, 당최 입맛이 없는 개미귀신 한마리
폐업신고라도 해야 할까

—「개미귀신」 부분

시인은 자신을 "모래 사원"의 사제인 "개미귀신"으로 명명한다. 이것은 시인으로서의 자의식을 드러낸 것이라고 할 수 있다. 견고한 사원이 아니라 모래로 된 사원의 사제, 그것도 '개미귀신' 같은 사제라는 것은 그가 처한 상황과 비극적인 운명을 강하게 환기한다. 그는 자신의 시 쓰기를 "사랑도 없이 귀신이 되어가는 세월" 속에서 "죽은 비유들을 해골처럼 주렁주렁 꿰어 목에 걸고" 있는 것으로 표현한다. 이러한 태도는 '무덤'에서 '구멍'을 보려 한다거나 '먼지의 행성에서 오는 아가의 울음소리'를 기다리는 것과 다르지 않다. 그가 가장 두려워하고 불안해하는 것은 '사랑의 결핍'과 '죽은 비유'이다. 전자가 시인의 삶과 긴밀하게 관계된 것이라면 후자는 시 쓰기와 관계된 것이라고 할 수 있다.

시인이 말하는 사랑이란 삶의 한 조건이면서 시 쓰기와 긴밀하게 연결되는 것이다. 사랑이 결핍되면 삶에서 몸이 사라지는 것이고, 그렇게 되면 귀신으로서의 삶을 살 수밖에 없는 것이다. '개미귀신'이 왜 '개미귀신'일까? 그것이 "시체애호증" 환자이기 때문이다. 그는 자신이 '개미귀신'처럼 시체를 좋아하고 그로 인해 자신의 삶에서 몸이 사라

지는 것을 두려워하고 있다. 몸이 사라져 귀신으로서의 삶을 산다면 그것은 곧 시 쓰기에서 언어의 몸 혹은 몸의 언어가 사라진다는 것에 다름 아니다. 언어의 몸이 사라진 시 쓰기란 "죽은 비유들을 해골처럼 주렁주렁 꿰어 목에 걸고" 있는 상태를 말하는 것으로, 이것은 그에게 시 쓰기에 대한 환멸을 안겨줄 수밖에 없다.

시인이 '사랑의 결핍'과 '죽은 비유'를 두려워한다면 그것을 해결할 방안은 '사랑의 충족'과 '살아 있는 비유' 아니겠는가? 그가 자신을 '모래 사원'의 '개미귀신'이라고 명명한 이면을 들여다보면 거기에는 이것에 대한 지독한 환멸이 자리하고 있음을 알 수 있다. 그의 지독한 환멸은 역으로 '모래 사원'의 '개미귀신'과 상극에 있는 존재에 대한 지독한 환상을 드러낸 것이라고 할 수 있다. 이런 이유로 우리는 '모래 사원'의 사제인 '개미귀신'으로서 환멸에 가득 찬 그의 모습 속에서 사랑이 충족되기를 바라고 살아 있는 비유를 찾아 고뇌하고 방황하는 그의 또다른 모습을 떠올리게 된다. 극과 극의 충돌에서 오는 이 반대일치의 아름다움이야말로 세계와의 견고한 불화와 무중력의 역사 속에서 가장 순수하고 본능적인 놀이를 통해 끊임없이 깨어진 세계와의 평형 상태를 회복하려는 시인으로서의 운명을 드러내는 것이 아니라면 무엇이겠는가.

李在福 | 문학평론가

| 시인의 말 |

시인이 한 사람의 정체성이 될 수 있을까
피할 데 없고, 기도할 데 없을 때
어린 시절 장롱 속에 숨어 웅크리던 기억처럼
시 속에 숨어도 될까, 이 나이에
절망에 기대어도 되는 걸까, 그건 무엇보다 확실하며
언제나 내게 있었고 언제나 예상한 대로 온다
시인이 한 사람의 정체성이 될지는 모르겠지만
그 언젠가
패대기쳐진 사람처럼 혼자 남아 있을 때도
나는 시의 빈 젖을 물고 잠든 아기가 되고 싶다
시여, 너의 성씨를 빌려 내 이름을 지어도 좋을까
나를 시인이라고 불러봐도 좋을까

2014년 여름
최금진

창비시선 377
사랑도 없이 개미귀신

초판 1쇄 발행/2014년 8월 18일

지은이/최금진
펴낸이/강일우
책임편집/윤자영
펴낸곳/(주)창비
등록/1986년 8월 5일 제85호
주소/413-120 경기도 파주시 회동길 184
전화/031-955-3333
팩시밀리/영업 031-955-3399 편집 031-955-3400
홈페이지/www.changbi.com
전자우편/lit@changbi.com

ISBN 978-89-364-2377-3 03810

* 이 책은 한국문화예술위원회의 2012년도 아르코문학창작기금을 받았습니다.

* 책값은 뒤표지에 표시되어 있습니다.